# শীতের বৃষ্টি

দেবজ্যোতি গুপ্ত

**Ukiyoto Publishing**

সমস্ত বিশ্বব্যাপী প্রকাশনা অধিকার দ্বারা সংরক্ষিত

**Ukiyoto Publishing**

২০২৪ সালে প্রকাশিত

কন্টেন্ট কপিরাইট © দেবজ্যোতি গুপ্তজিত

**ISBN 9789362697257**

*সমস্ত অধিকার সংরক্ষিত।*
*প্রকাশকের পূর্বানুমতি ব্যতিরেকে এই প্রকাশনার কোনো অংশ পুনরুত্পাদন, প্রেরণ, বা পুনরুদ্ধার ব্যবস্থায় সংরক্ষণ করা যাবে না। যে কোনো উপায়ে, ইলেকট্রনিক, যান্ত্রিক, ফটোকপি, রেকর্ডিং বা অন্য কোনোভাবে প্রতিলিপি করা যাবে না।*
*লেখকের নৈতিক অধিকার নিশ্চিত করা হয়েছে।*
*এটা একটা অলীক কাজ। নাম, চরিত্র, ব্যবসা, স্থান, ঘটনা, লোকেল এবং ঘটনাগুলি হয় লেখকের কল্পনার পণ্য বা কাল্পনিক পদ্ধতিতে ব্যবহৃত হয়। প্রকৃত ব্যক্তি, জীবিত বা মৃত, বা বাস্তব ঘটনার সাথে কোন সাদৃশ্য সম্পূর্ণ ভাবে কাকতালীয়।*
*এই বইটি এই শর্তসাপেক্ষে বিক্রি করা হচ্ছে যে এটি ব্যবসার মাধ্যমে বা অন্যভাবে, প্রকাশকের পূর্ব সম্মতি ব্যতিরেকে, ধার দেওয়া, পুনঃবিক্রয় করা, ভাড়া করা বা অন্যভাবে প্রচার করা হবে না, এটি যেটিতে রয়েছে তা ব্যতীত অন্য কোন প্রকার বাঁধাই বা কভারে প্রকাশিত করা যাবে না। এই শর্তলঙ্ঘিত হলে উপযুক্ত আইনি ব্যবস্থা গ্রহণ করা হবে।*

**www.ukiyoto.com**

# সূচিপত্র

এক ............................................................ 1
দুই ............................................................. 3
তিন ............................................................ 5
চার ............................................................ 8
পাঁচ ........................................................... 13
ছয় ............................................................ 18
সাত ........................................................... 23
আট ........................................................... 29
নয় ............................................................ 36
দশ ............................................................ 43
এগারো ...................................................... 50
বারো ......................................................... 63
তেরো ........................................................ 79
চৌদ্দ ......................................................... 86
পনের ........................................................ 92
ষোল ........................................................ 100
সতের ...................................................... 106
লেখক প্রসঙ্গে ............................................ 108

# এক

আমাদের জীবনে আমরা অনেক পর্যায় অতিক্রম করি, আমরা জানি না কী ঘটতে যাচ্ছে। জীবন একটি নদী যা অজানা, সীমাহীন সমুদ্রের দিকে ধাবিত হয় এবং তার পরে সমাপ্ত হয় কবরের নীরবতায়।

আমাদের জীবনে আমরা অনেক লোকের সাথে দেখা করি এবং কথা বলি। 1991 সালের জানুয়ারিতে, একটি ছেলে এসেছিল যার নাম ছিল মার্শাল রায়। আমরা সকলেই জানি যে সবাই প্রেমে বিশ্বাস করে এবং কেউ কেউ করে না এবং মার্শাল সেই ব্যক্তি ছিলেন যিনি কখনও প্রেমে বিশ্বাস করেন না। কারণ হল ভালবাসার মূল উদ্দেশ্য হল অন্য ব্যক্তির জীবনে দুঃখ এবং দুঃখ নিয়ে আসা। তিনি খুব ভাল ছাত্র ছিলেন না কিন্তু তিনি একজন শালীন এবং সহায়ক ব্যক্তি ছিলেন। স্কুল জীবনে সে একজন নিষ্পাপ ছেলে বলে অনেকেই তাকে ঠাট্টা করতো। নানা সমস্যার মধ্য দিয়ে তিনি পার পেয়েছিলেন। যারা তাকে ঠাট্টা করতো তাদের সাথে সে মারামারি করতো। ব্যাপারটা যাই হোক না কেন। কলেজে এসে সে অনেক নতুন বন্ধু পেয়েছে। সবাই খুব সুন্দর এবং খুব বন্ধুত্বপূর্ণ ছিল। তিনি কলকাতা বিশ্ববিদ্যালয়ে সমাজবিজ্ঞানে স্নাতকোত্তর করতেন। উত্তর-পূর্ব ভারতের একটি রাজ্য ত্রিপুরার একটি ছোট শহর থেকে এসে তিনি বিশ্ববিদ্যালয়ে একটি ভিন্ন পরিবেশ খুঁজে পান। এটা তার জন্য একটি নতুন জায়গা ছিল. এখন তিনি তার পড়াশোনায় মনোনিবেশ করেন এবং তার উচ্চাকাঙ্ক্ষা এবং ক্যারিয়ার নিয়ে কাজ শুরু করেন।

বিশ্ববিদ্যালয়ে তিনি একজন নতুন অধ্যাপক পেয়েছিলেন যিনি তাকে গাইড করতেন। তার নাম ডাঃ রাজ সেন যিনি সমাজবিজ্ঞানের অধ্যাপক ছিলেন। পড়ালেখায় তাকে শিক্ষক হিসেবে নয়, বন্ধু হিসেবে পথ দেখাতেন। তাকে শিক্ষক হিসেবে নয়, ভাইয়ের মতো আচরণ করতেন। প্রধান বিষয় হল যে তিনি তাকে কঠোর পড়াশোনা করতে এবং তার লেখার মান উন্নত করতে

বলেছিলেন। ইউনিভার্সিটিতে যখন স্নাতক ডিগ্রী করছিলেন তখন তিনি জীবনের ব্যাপারে খুব সিরিয়াস হয়ে উঠেছিলেন। তার উচ্চাকাঙ্ক্ষা ছিল পিএইচডি ডিগ্রি সম্পন্ন করতে বিদেশে যাওয়ার। একদিন, তার কিছু সহপাঠী তাকে জিজ্ঞাসা করেছিল, "তুমি কি স্কুলে পড়ার সময় থেকে কাউকে ভালোবাসো"? তারপর মার্শাল তাদের বললেন,

"আমি যখন 12 শ্রেণীতে ছিলাম তখন আমি একজনকে ভালবাসতাম এবং সে 6 শ্রেণীতে পড়ত, কিন্তু সে অন্য একটি ছেলেকে ভালবাসত যে 10 শ্রেণীতে পড়ত। সে জানত যে আমি তাকে ভালবাসি কিন্তু সে আমাকে পছন্দ করে না। কারণ আমি খুব দরিদ্র ছাত্র ছিলাম, অনেক বিষয়ে ফেল করতাম"।

যারাই তার গল্প শুনে তাদের জন্য খারাপ লেগেছিল, তাদের কেউ কেউ তাকে বলেছিল যে জীবনে কখনও কখনও এই ঘটনাগুলি ঘটে। একজন প্রফেসর ক্লাসের পাশ দিয়ে যাচ্ছিলেন। তার নাম ছিল ডাঃ অ্যাশেস রে। তিনি মার্শালকে তার অফিসে তার সাথে দেখা করতে বলেছিলেন। মার্শালের ক্লাস শেষ হওয়ার পর, তিনি ডঃ অ্যাশেসের সাথে তার অফিসে দেখা করতে আসেন। মার্শাল তার অফিসে এসে বসলেন, তারপর ডঃ অ্যাশেস তাকে বললেন, 'আমি শুনেছি তুমি তোমার বন্ধুদের সাথে কি কথা বলছ। আমি জানি ভালবাসা আমাদের জীবনের খুব গুরুত্বপূর্ণ একটি অংশ কিন্তু এখন সবচেয়ে গুরুত্বপূর্ণ বিষয় হল আপনার কঠোর পড়াশুনা করা উচিত।" এসব শুনে সে তার অফিস থেকে বেরিয়ে আসে।

# দুই

বিশ্ববিদ্যালয় জীবন তার জন্য মানিয়ে নেওয়া খুব কঠিন বলে মনে হচ্ছে। কলকাতার পরিবেশ একেবারেই আলাদা। এটি একটি ব্যস্ত শহর। রাস্তায় মানুষের ভিড়। সবাই নিজ নিজ কাজে ব্যস্ত। একে অপরের মুখের দিকে তাকানোর সময় নেই। তার মা তার পড়াশোনা নিয়ে খুব চিন্তিত ছিলেন। তার লেখাপড়ার জন্য সে অনেক টাকা খরচ করেছে। মার্শাল তার বাবা-মাকে খুব ভালোবাসে। সে তাদের সব সুখ দিতে চায়। সে জানে যে সে তার বাবা-মাকে কখনো গর্বিত করেনি কিন্তু সে জানে একদিন সে তার বাবা-মাকে নিয়ে গর্বিত করবে।

তিনি যখন স্কুলে ছিলেন তখন তিনি পড়াশোনায় খুব খারাপ ছিলেন কিন্তু তার শেষ স্কুলের দিনগুলি তার অতীতের দিনগুলির চেয়ে অনেক ভাল ছিল। অনেক বন্ধু পেয়েছেন। সে তাদের সাথে অনেক মজা করতো। তার সহপাঠীরা তাকে খুব আদর করতো। তার এক বন্ধুও ছিল যার নাম সায়ন্তন যার সাথে সে তার জীবনের অভিজ্ঞতা শেয়ার করেছিল। সে একটি মেয়েকে ভালবাসত, কিন্তু সে তার অনুভূতি সম্পর্কে তাকে কিছু জানায়নি। সে ভেবেছিল মেয়েটিও তাকে ভালোবাসে। তার নাম ছিল নাথালি জোন্স। সে 6 শ্রেণীতে পড়ত আর মার্শাল 12 শ্রেণীতে পড়ত। সে মাঝে মাঝে তাকে ঠাট্টা করত এবং তাকে ভালবাসত, একদিন সে যখন তার বাড়িতে যাচ্ছিল, সে তাকে বলল, "তুমি যাচ্ছ?"। সে শুধু তার কাছে এসে তার গাল স্পর্শ করল.. এটা ছিল তার জীবনের সবচেয়ে উত্তেজনাপূর্ণ মুহূর্ত। এর পর সে শুনতে পেল সে ভালো ছাত্র নয় সেও তিন ক্লাসে তিনবার ফেল করেছে। সেদিনের পর থেকে সে আর কোনো কথা বলেনি। তাকে.

তার দ্বাদশ শ্রেণির বোর্ড পরীক্ষায় যেখানে তিনি খুব খারাপ নম্বর পেয়েছিলেন, সেখানে ভর্তির জন্য কোনও ভাল কলেজ খুঁজে পাননি।

অবশেষে নিজ শহরের একটি অতি সাধারণ কলেজে ভর্তি হন। স্নাতক ডিগ্রি শেষ করে তিনি সমাজবিজ্ঞানে এমএ করার জন্য কলকাতা বিশ্ববিদ্যালয়ে আসেন। বাড়িতে থাকতেই মায়ের সঙ্গে আড্ডায় মেতে উঠতেন। কিন্তু এখন সে তার বিশ্ববিদ্যালয়ের হোস্টেলে আছে। পড়ালেখা ছাড়া তার আর কোনো উপায় নেই। প্রফেসরদের পাশাপাশি প্রভাষকরাও তাকে খুব পছন্দ করতেন। তাদের মধ্যে ডঃ রাজ সেন ছিলেন। কলকাতা বিশ্ববিদ্যালয়ে আসার আগে তিনি ইংল্যান্ডে ছিলেন, পিএইচডি করছেন। ডিগ্রী শেষ করে তিনি কলকাতা বিশ্ববিদ্যালয়ে চাকরি পান। যখন তারা মুক্ত ছিল তখন সে তাদের সাথে কথা বলে তার অনেক সময় ব্যয় করে। মার্শাল তার সব সহপাঠীর মধ্যে মোটাসোটা ছেলে ছিল। যখন সে স্কুলে ছিল তখন তার বাসের সব জুনিয়ররা তার ভারী শরীরের কারণে তাকে বকা দিত। তিনি তার স্কুল ফুটবল দলের একজন খেলোয়াড়ও ছিলেন, তিনি একজন মিডফিল্ডার হিসাবে খেলতেন কিন্তু যখন তিনি কলেজে গিয়েছিলেন তখন তিনি তার সমস্ত ফুটবল দক্ষতা হারিয়ে ফেলেছিলেন। তার প্রিয় খেলা ক্রিকেট। তার ছোটবেলার সেই দিনগুলোর কথা মনে পড়ে যখন সে তার বাবার সাথে ক্রিকেট খেলতেন। তিনি তার বিশ্ববিদ্যালয় থেকে ক্রিকেট খেলার পরিকল্পনাও করেছেন কিন্তু তিনি জানেন কেউ তাকে দলে নেবে না। অনেক ভালো খেলোয়াড় আছে।

## তিন

সে রাতে সে হোস্টেলে ঘুমায়নি, সে তার বাবা-মায়ের কথা ভাবছিল, সে ভাবছিল তারা বাড়িতে কী করছে, সে ভাবছিল তাদের সাথে ফোনে কথা বলব। তিনি ভেবেছিলেন যে তিনি একটি এসটিডি বুথে যাবেন, কিন্তু এটি করার জন্য তার কাছে পর্যাপ্ত টাকা ছিল না, তিনি কাঁদছিলেন।

পরদিন সকালে সে তার মায়ের কাছ থেকে একটি চিঠি পেল:

*প্রিয় মার্শাল,*

*তুমি কেমন আছেন? আমি আর তোমার বাবা তোমাকে খুব মিস করছি। তুমি যখন ঘরে থাকতে আমার সাথে কথা বলতে, কিন্তু এখন আমার কেউ নেই যাকে আমি বকাঝকা করতে পারি। যাইহোক, কষ্ট করে পড়াশুনা কর, যত্ন নিও, আমি প্রতি সপ্তাহে তোমাকে চিঠি দেব, আমি তোমাকে সত্যিই মিস করি, ছেলে।*
*তোমার*
*মা*

চিঠিটা পড়ে মার্শাল কাঁদতে লাগলেন।

তার কিছু বন্ধু তাকে সমর্থন করেছিল। সে খুব আবেগপ্রবণ ছেলে, সে তার বাবা-মাকে নিয়ে খুব আবেগপ্রবণ। ইউনিভার্সিটিতে তিনি বিভিন্ন মানুষের সাথে দেখা করেন। তাদের মধ্যে একজন বৃদ্ধা মহিলা যিনি বিশ্ববিদ্যালয়ে অধ্যাপকদের সাহায্যকারী হিসেবে কাজ করতেন। অবসর পেলেই তার সাথে কথা বলতেন। তার নাম ছিল মিস ক্যারেন। তিনি একজন খ্রিস্টান মহিলা এবং একজন ক্যাথলিক ছিলেন। তার একটি স্বামী এবং একটি মেয়ে ছিল যারা

তাড়াতাড়ি মারা গিয়েছিল। মার্শাল ভেবেছিল তার জীবন দুঃখে ভরা। একদিন মার্শাল তাকে বললেন, "তোমার জীবন ব্যথায় পূর্ণ"। তিনি তাকে বলেছিলেন যে, "দুঃখ এবং সুখ জীবনের অংশ। একজন সত্যিকারের খ্রিস্টান হিসাবে, আমাদের সবকিছু গ্রহণ করা উচিত। সবকিছুই ঈশ্বরের কাছ থেকে আসে। মানুষের ঈশ্বরের প্রতি তার বিশ্বাস হারানো উচিত নয়। পুরুষরা তাদের ব্যক্তিগত সুবিধা অনুসারে ভাল-মন্দ সিদ্ধান্ত নেয়। ঈশ্বরের বৃহৎ মহাবিশ্ব, তিনিই একমাত্র মঙ্গলময়। আমরা যদি স্বার্থপর চিন্তা করি তবে আমরা এটি উপলব্ধি করতে সক্ষম হব না। ঈশ্বর যাকে সবচেয়ে বেশি পছন্দ করেন তাকেই দুঃখ দেন। দুঃখ মানুষকে শুদ্ধ করে, আগুন যেমন সোনাকে করে। আমাদের সবকিছু মেনে নেওয়া উচিত। সবকিছুই ঈশ্বরের কাছ থেকে আসে।"

একথা শুনে মার্শাল জানলেন জীবনের সত্য। জীবন মানেই সংগ্রাম। অনেকে মনে করেন জীবন মানেই মজা করা। জীবনের ভয়ংকর চেহারার কথা তারা জানে না। সময় পেলেই ওই বৃদ্ধার বাড়িতে যেতেন। এটা তার জন্য সত্যিই একটি চমৎকার মুহূর্ত ছিল.

পরদিন সকালে খবর পেলেন বিশ্ববিদ্যালয়ে ক্রিকেট টুর্নামেন্ট হবে। সবাই উত্তেজিত ছিল। মার্শাল এতে অংশ নিতে চাইলেও তার মনে একটা ভয় ছিল। মার্শাল তার পিতামাতাকে এটি সম্পর্কে বলেছিলেন, তার পিতামাতা তাকে বলেছিলেন, "আপনি যদি এতে অংশ নিতে চান তবে আপনি অংশ নিতে পারেন, তবে দেখুন, এটি আপনার পড়াশোনা নষ্ট করা উচিত নয়"। মার্শাল খেলার মাঠে গিয়ে বিভাগীয় প্রধানকে বললেন। খেলাধুলা যা তিনি খেলতে চেয়েছিলেন। এইচওডি তাকে বলেছিলেন, "আপনি যদি খেলতে চান তবে আপনার ক্লাস শেষ হওয়ার পরে অনুশীলনে আসতে হবে"।

তার ক্লাস শেষ হওয়ার পর তিনি মাঠে আসেন এবং তার ক্রীড়া শিক্ষকের সাথে দেখা করেন। তার নাম ছিল মিস্টার দীপক। তিনি তার অনুশীলন ম্যাচের সময় তাকে পর্যবেক্ষণ করেন এবং তাকে উদ্বোধনী ব্যাটসম্যান হিসেবে দলে অন্তর্ভুক্ত করেন।

পরের দিন, তারা ম্যাচ জিতেছে। এর পরে এটি ছিল ফাইনাল ম্যাচ যা কলকাতা বিশ্ববিদ্যালয় জিতেছিল এবং মার্শালই তাঁর দলকে জয়ের পথে নিয়ে যান। এটি ছিল তার জীবনের সবচেয়ে উত্তেজনাপূর্ণ মুহূর্ত।

# চার

এখন সে তার দ্বিতীয় বর্ষে এবং তার মাস্টার্সের শেষ বর্ষে। যখন ছুটি থাকে তখন সে বাড়িতে আসে, যা সে সবসময় চায়। বাবা-মাকে দেখে সে খুব খুশি। তার মা তার প্রিয় খাবার তৈরি করে। ছেলেকে বাড়ি ফিরে দেখে তার বাবাও খুশি। তার বাবা-মা তাকে তার বিশ্ববিদ্যালয় জীবন সম্পর্কে জিজ্ঞাসা করে। সে তাদের বলে যে প্রত্যেকেই খুব সুন্দর, সে তাদের বলে যে সে ক্রিকেট দলে নির্বাচিত হয়েছিল।

সে তার মায়ের সাথে তার সহপাঠীদের সম্পর্কে চ্যাট করে যা সে তার ছেলেবেলায় করতেন। পরদিন সকালে সে তার এক বন্ধুর বাড়িতে দেখা করতে যায়, তার নাম শঙ্কা যার সাথে সে স্কুলে পড়ার সময় খেলত। তারা দুজনেই ফুটবল খেলতেন। স্কুলে পড়ার সময় স্কুল বাসে তাদের ফুটবল ম্যাচ নিয়ে আলোচনা করতেন শঙ্কা ও মার্শাল।

শঙ্কা এখন দিল্লিতে পড়ছে; তিনি মার্শালের জুনিয়র ছিলেন। তার বাবা একটি পুরানো ফার্মেসিতে কাজ করতেন। দেয়ালে ফাটল ছিল, দরজা ভাঙা ছিল এবং ফার্মেসির পিছনের উঠোনে বাইরে ফেলে দেওয়া ওষুধের কারণে বাতাসে একধরনের নোংরা গন্ধ ছিল। তার মা গৃহিণী ছিলেন। শঙ্কার চোখে সমস্যা ছিল; ডাক্তার তাকে চশমা ব্যবহার করার নির্দেশ দেন। তার পারিবারিক অবস্থা তেমন ভালো ছিল না; মার্শাল মাঝে মাঝে ফার্মেসিতে যেতেন কারণ শঙ্কা তার বাবাকে লাঞ্চের বাক্স দিতে দুপুরের খাবারের সময় সেখানে যেতেন।

এত দিন পর শঙ্কা যখন মার্শালকে দেখল সে খুব খুশি হল, সে কি করবে বুঝতে পারছিল না। তারা তাদের প্রতিষ্ঠানের কথা বলতে শুরু করে যেখানে

তারা দুজনেই পড়াশোনা করত, শঙ্কাও ছুটিতে তার বাড়িতে এসেছিল। এবার শঙ্কা তাকে জিজ্ঞেস করল, "তোমার কি কোন গার্ল ফ্রেন্ড আছে?"। মার্শাল তাকে বললেন, "না, এখন আমি প্রেমে বিশ্বাস করি না, এখন আমি জানি যে এটি কেবল মানুষকে কষ্ট দেয়, এটি অন্যদের সুখ দেয় না। আমি যখন স্কুলে ছিলাম তখন আমি ভাবতাম যে সত্যিকারের ভালবাসা হল যা এমন একটি বিশ্ব গঠন করে যেখানে নেতিবাচক কিছুই নেই, সত্যিকারের ভালবাসা হল যা অমরত্বের নিশ্চয়তা দেয়, কিন্তু এই জিনিসগুলি সবার জন্য সত্য নয়, বিশেষ করে আমার জন্য।" এসব বলে তিনি বাসা থেকে বের হয়ে গেলেন।
শঙ্কা জানে যে সে যখন স্কুলে ছিল তখন সে কাউকে ভালবাসত, যার নাম ছিল নাথালি জোনস একটি মেয়ে যে ক্লাস 6 এ পড়ত, এবং একমাত্র মেয়ে যে তাকে অপমান করেছিল।
মাঝে মাঝে মার্শাল তার নিজ শহরের কলেজে যেতেন যেখান থেকে তিনি সমাজবিজ্ঞানে স্নাতক ডিগ্রি নিয়েছিলেন, কিন্তু তিনি কখনই তার স্কুলে যেতে চাননি কারণ তিনি তার স্কুলকে ঘৃণা করেন, তবে তিনি তার স্কুলের দিনগুলি মনে রাখেন কিন্তু, তিনি বিশ্বাস করেন যে তিনি তার স্কুল থেকে কিছুই পাননি। তাছাড়া, তিনি নাথালি জোন্সের সাথে দেখা করতে চান না।

সে জানে তার সাথে দেখা হলে অতীতের স্মৃতি তার মনে ফিরে আসবে।

তিনি তার প্রফেসরদের বিশেষ করে ডাঃ সুজিত সেনের সাথে দেখা করার জন্য তার হোম টাউন কলেজে যেতেন, তিনিই একমাত্র ব্যক্তি যিনি কলেজে থাকাকালীন তাকে গাইড করতেন। আরেকজন অধ্যাপক ছিলেন মার্শালের চাচা যিনি কোন অসুবিধা হলে মার্শালকে সাহায্য করেছিলেন।

মার্শালের বাবা-মা তাকে বলতেন খুব কষ্ট করে লেখাপড়া করতে এবং ভালো মানুষ হতেও। তিনি খুব বাধ্য সন্তান ছিলেন। তিনি তার বাবা-মা তাকে যা

বলতেন তা শুনতেন, কিন্তু মাঝে মাঝে তিনি তাদের সাথে তর্ক করতেন যা তিনি কখনই করতে চান না।

শীতের দিন ছিল। মার্শাল তার পুরনো প্রফেসর ডঃ সুজিত সেনের সাথে দেখা করতে তার নিজ শহরের কলেজে গিয়েছিলেন; ডক্টর সুজিত তাকে জিজ্ঞেস করলেন, 'বিশ্ববিদ্যালয়ে আপনার জীবন কেমন চলছে, বিশ্ববিদ্যালয় জীবন আর কলেজ জীবনের মধ্যে কোনো পার্থক্য খুঁজে পাচ্ছেন না?' মার্শাল বললেন, 'হ্যাঁ স্যার, অনেক পার্থক্য আছে, প্রথমত একটা পার্থক্য আছে। ভবনে।" ডাঃ সুজিত শুনে হাসতে লাগলেন। তিনি তাকে বললেন, "তাহলে, আপনি সেখানে নতুন কী পেয়েছেন?" তিনি তাকে শিক্ষক, ছাত্র, অধ্যাপক এবং হোস্টেল সম্পর্কে বলেছিলেন। তিনি এবং তার স্যার একটি চমৎকার সময় কাটাচ্ছিলেন।

মার্শাল যখন বাইরে গেলেন, ডাঃ সুজিতকে সেই দিনটি স্মরণ করা হয়েছিল যেদিন তিনি মার্শালের সাথে প্রথম দেখা করেছিলেন। মার্শাল মোটেও বদলায়নি যদিও তার পাশাপাশি সবকিছু বদলে গেছে। এই কলেজে পড়ার সময় তাকে ভাইয়ের মতো গাইড করতেন। তার কথা বলার ধরন এবং তার প্রতিটি পদক্ষেপ তাকে অতীতের উজ্জ্বল কথা মনে করিয়ে দেয়।

মার্শাল যখন তার বাড়িতে ফিরে যাচ্ছিল, হঠাৎ প্রবল বৃষ্টি হল। শীতের মৌসুম ছিল, তার ছাতা ছিল না, এমন কোন দোকান বা বাড়ি ছিল না যেখানে সে গিয়ে আশ্রয় নিতে পারে, এমন সময় সে দেখতে পেল একটি গাড়ি তার দিকে আসছে, গাড়িটি তার ঠিক সামনে এসে থামল। গাড়ির চালক তাকে বললেন, "এসো, আমি তোমাকে তোমার বাসায় নামিয়ে দিচ্ছি।" মার্শাল বললেন, "না, ধন্যবাদ আমি পরিচালনা করতে পারি।" ড্রাইভার বলল, "চিন্তা করবেন না আমি অপরিচিত নই যে আমরা একসাথে ফুটবল খেলতাম।" মার্শাল বলল, তুমি কি বাপি দা? ড্রাইভার বলল, "হ্যাঁ আমি, ভিতরে আয়।

আপনার একজন বন্ধু আপনার জন্য অপেক্ষা করছে। সে তোমাকে দেখে আমাকে বলেছিল তোমাকে গাড়িতে তুলতে, নইলে তুমি এই বৃষ্টিতে অসুস্থ হয়ে পড়বে।" মার্শালের কাছে গাড়িতে প্রবেশ করা ছাড়া কোনো উপায় ছিল না কারণ তার বাবা তাকে যত তাড়াতাড়ি সম্ভব ফিরে আসতে বলেছিলেন। গাড়িতে ঢুকে সেখানে দেখতে পান নাথালি জোনস! এটি ছিল তার গাড়ি, সেই মেয়ে যাকে মার্শাল স্কুলে পড়ার সময় ভালোবাসতেন। মার্শাল তাকে প্রতিশ্রুতি দিয়েছিল যে সে কখনই তার সামনে আসবে না। কিন্তু যখন সে গাড়িতে উঠল, সে তাকে দেখে একেবারে অবাক হয়ে গেল, কিন্তু সে ছিল না, সে গাড়ি থামিয়ে দিয়েছিল তাকে এমন কিছু বলার জন্য যা সে জানে না, নাথালি তাকে বলল, "কেমন আছো?" তারপর তিনি তাকে বললেন, "ভালো থাকার চেষ্টা করছি, যা আমি সবসময় হতে চেষ্টা করি।" নাথালি তাকে বলেছিল, 'স্কুলে আমি তোমার সাথে যা করেছি তার জন্য আমি সবসময় দুঃখিত বলতে চেয়েছিলাম।" মার্শাল তাকে বলেছিলেন, 'আমি অতীতের সমস্ত স্মৃতি ভুলে গেছি, এখন আমি বর্তমানের মধ্যে বেঁচে থাকার চেষ্টা করছি।"

নাথালি তাকে বলেছিলেন, "যে সময় তুমি স্কুল ছেড়েছিলে, আমি অনুভব করেছি যে আমি তোমাকে কতটা ভালোবাসি। আমি যা করেছি তা একটি ভুল ছিল, তবুও আমি তোমাকে ভালোবাসি।"

মার্শাল তাকে বলেছিলেন, "তুমি খুব সুন্দর, তুমি অনেক নতুন বন্ধু পাবে এবং তারা আমার চেয়ে অনেক ভালো হবে, আমি যখন স্কুলে ছিলাম তখন এটি একটি ভিন্ন গল্প ছিল এবং এখন এটি ভিন্ন। এখন আমি এই সব কিছুতে বিশ্বাস করি না।"
একথা শুনে ন্যাথালি তাকে বললো, "একদিন তুমি আবার কারো প্রেমে পড়বে, আর সেদিন তুমি সত্যিকারের ভালোবাসার অর্থ জানতে পারবে, তুমি তোমার বাড়িতে এসেছো। তোমার সাথে আর কখনো দেখা হবে না, আমি

ইংল্যান্ড যাচ্ছি। চিরকাল, কিন্তু আমি সবসময় তোমাকে মনে রাখব। বিদায়! আমি সত্যিই তোমাকে মিস করব।"

## পাঁচ

তার কথা শুনে, মার্শাল গাড়ি থেকে নেমে তার বাড়িতে এল এবং তার বাবা-মা তার জন্য অধীর আগ্রহে অপেক্ষা করছিলেন। তার বাবা তাকে বলেন, 'টেলিভিশনে খবর শুনেছি আজ বৃষ্টির দিন হবে। বাই দ্য ওয়ে, এত প্রবল বৃষ্টিতে তুমি ফিরে এলে কী করে?"

সে তার বাবাকে বলল, আমার এক বন্ধু আমাকে ফেলে দিয়েছে। তার মা তাকে বললেন, 'ভগবান তাকে পাঠিয়েছেন, কারণ তখন তুমি কষ্ট পেয়েছ।' মায়ের কথা শুনে সে তাদের কিছু বলল না।

এরপর বাড়ির বাইরে গিয়ে বৃষ্টি দেখছিলেন। রাত ৮টা বাজে, সে শুধু বৃষ্টি দেখছিল আর ভাবছিল প্রতিটি প্রাকৃতিক ঘটনারই কোনো না কোনো উদ্দেশ্য থাকে, আজ দিনরাত বৃষ্টি হচ্ছে তারও কোনো না কোনো উদ্দেশ্য আছে। ভাগ্য এভাবেই তাদের বৈঠকের পরিকল্পনা করেছে।

দুর্ভাগ্যবশত তিনি তার সাথে দেখা করেছিলেন এবং এমন কিছু শুনেছিলেন যা তিনি তার কাছ থেকে আশা করেননি। নাথালি পরে তার দোষ বুঝতে পেরেছিল, সে তার জন্য খারাপ বোধ করছিল, সে এটাও জানে যে মার্শাল স্কুলে পড়ার সময় তাকে সত্যিকারের ভালবাসত। সে এটাও জানে যে এখনও তার জন্য তার হৃদয়ে কিছু অনুভূতি আছে, কিন্তু সে সম্পূর্ণ ভুল ছিল। বর্তমানে মার্শাল সম্পূর্ণ পরিবর্তিত ব্যক্তি। নাথালি এখনও তাকে ভালবাসে কিন্তু সে তা করে না, সে এমনকি তার দোষের জন্য তাকে দুঃখিত বলেছিল কিন্তু সে একটি মেরু তারার মতো স্থির যা তার অবস্থান পরিবর্তন করে না।

14 শীতের বৃষ্টি

পরের দিন সকালে মার্শাল তাড়াতাড়ি ঘুম থেকে ওঠে, সেদিন খুব ঠান্ডা ছিল। তাকে মাঠে যেতে হয় কারণ ছুটিতে আসা তার কয়েকজন বন্ধু তাকে বলেছিল, তারা সকালে একটি ফুটবল ম্যাচ খেলবে। মার্শাল ঘুম থেকে উঠে তার বুট বেঁধে সোজা তার বাড়ির কাছের মাঠে চলে গেল। সকাল প্রায় ৭টা বাজে। মার্শাল যখন রাস্তা দিয়ে হাঁটছিল তখন তার স্কুলের দিনগুলোর কথা মনে পড়ছিল যখন সে সকালের নাস্তা না করে মাঠে খেলতে যেত। ডিসেম্বর মাস হওয়ায় সেদিন খুব ঠান্ডা ছিল এবং এক সপ্তাহ পরে তাকে আগরতলা ছেড়ে কলকাতায় বিশ্ববিদ্যালয়ে যেতে হয়েছিল। হাঁটতে হাঁটতে সে ভাবছিল দিনগুলো কেমন কেটেছে... তার স্কুল জীবন তার কলেজ আর এখন সে বিশ্ববিদ্যালয়ে।

মাঠে যাওয়ার সময় তিনি দেখেন ন্যাথালি জোনস এবং তার বাবা-মা গাড়িতে উঠে এয়ারপোর্টে যাচ্ছেন। সে চিরতরে ইংল্যান্ডে যাচ্ছিল। মার্শাল শুধু তার দিকে তাকিয়ে ছিল এটাই শেষবার তাকে দেখেছিল, সেও তার দিকে তাকিয়ে ছিল যখন সে ঐ জায়গা থেকে চলে গেল। মার্শাল তার মুখের দিকে তাকাল। তার জন্য অনেক প্রশ্ন ছিল যার উত্তর এখনও পাওয়া যায়নি।
মার্শাল খেলার মাঠে গেলেন, তার সব বন্ধুরা তার জন্য অপেক্ষা করছিল কারণ সে তার দলের প্রধান খেলোয়াড়, কুয়াশার কারণে কিছুই দেখা যাচ্ছিল না। তার মনে আছে, যখন সে স্কুলে ছিল এবং একই বাসে তার এক বন্ধুর সাথে যাচ্ছিল, সে তাকে বলেছিল যে সে 'ডিয়েগো মারা ডোনা' একজন ফুটবল খেলোয়াড়ের মতো খেলেছে যে মার্শাল কিছুটা মোটা হওয়ার কারণে আর্জেন্টিনার হয়ে খেলেছিল। এমনকি এখন তিনি একটি ভারী শরীর আছে. মাঝে মাঝে নাথালি তাকে বলতেন "হুম্প ডাম্প, যা তিনি সবসময় শুনতে পছন্দ করতেন।

ম্যাচ শুরু হল। তার ড্রিবলিং দক্ষতা ছেলেবেলার দিনের মতো ভালো নয়। তিনি তার স্কুল ছাড়ার পর তার গতি কমে যায় কারণ তিনি দীর্ঘদিন ধরে

ফুটবল খেলেননি, তবে তিনি একটি গোল দিয়েছেন এবং তার দলকে জয়ে নিয়ে গেছেন।

ম্যাচ শেষে নিজের বাড়িতে আসেন। তার মা তাকে জিজ্ঞেস করলেন, 'নাথালি জোনস নামে তোমার কোন বন্ধু আছে?' শুনে মার্শাল অবাক হয়ে গেলেন, তারপর মার্শাল তার মাকে জিজ্ঞেস করলেন, 'আপনি তাকে কীভাবে চিনলেন?' তার মা তাকে বলেছিলেন, "তিনি আমাকে একটি চিঠি দিয়েছিলেন আপনাকে দেওয়ার জন্য, সে এখানে আপনার সাথে দেখা করতে এসেছিল কিন্তু আপনি উপস্থিত ছিলেন না। সে খুব সুন্দর মেয়ে। আজ সে ভারত ছেড়ে চলে যাচ্ছে। সে আপনার সাথে দেখা করতে চেয়েছিল। তোমার সাথে কথা বলি কিন্তু তুমি ছিলে না, তুমি আর সে একই স্কুলে পড়তো।"

মার্শাল চিঠিটা হাতে নিয়ে পড়তে শুরু করল;

*প্রিয় মার্শাল,*
*আমি আজ চলে যাচ্ছি। তুমি আমাকে দেখেছিলে. আমি তোমাকে কিছু বলতে চেয়েছিলাম কিন্তু তুমি চলে গেলে। আমি জানি আপনি আমাকে উপেক্ষা করার চেষ্টা করছেন, আমি আপনাকে কখনই উপেক্ষা করতে পারি না। আমার দোষের জন্য তুমি আমাকে এত শাস্তি দিচ্ছ। আমি জানি তুমি আমার মুখ দেখতে চাও না, তাই আজ থেকে তুমি আমাকে আর দেখতে পাবে না, কারণ আমি তোমার থেকে অনেক দূরে চলে যাচ্ছি, কিন্তু আমি তোমাকে আগেই বলেছি আমি তোমাকে সবসময় মনে রাখব এবং আমি তোমাকে সবসময় ভালবাসব।*
*থেকে*

*নাথালি জোন্স*

মার্শাল চিঠিটি পড়ে ভাবছিলেন কেন এই জিনিসগুলি সবসময় তার সাথে ঘটে। এবার যখন সে তাকে ভুলে যেতে চাইল, সে তার ভুলের জন্য ক্ষমা চেয়ে তার জীবনে আবার ফিরে এল। এখন সে চিরতরে চলে যাচ্ছে এবং সে তার সাথে দেখা করতে পারেনি, ঈশ্বর কি তার কাছে চেয়েছিলেন?

পরদিন সকালে মার্শাল তাড়াতাড়ি উঠলেন, পরের দিন তাকে আগরতলা ত্যাগ করতে হবে এবং কলকাতা থেকে তার বিশ্ববিদ্যালয়ে যেতে হবে। সেখানে তাকে ড্রামাটিকস নামে একটি অতিরিক্ত বিষয় নিতে হবে, যা তার বাবা তাকে নিতে বলেছিলেন। কিন্তু তিনি এটা নিতে চান না কারণ এই বিষয় উইলিয়াম শেক্সপিয়রের নাটকের সাথে সম্পর্কিত যা শুধুমাত্র প্রেমের সাথে সম্পর্কিত, যা তিনি পছন্দ করেন না। তার বাবা তাকে ক্রমাগত বলছে এই সাবজেক্ট নিতে কিন্তু সে ক্রমাগত তার বাবাকে বলছে সে এই সাবজেক্ট নেবে না। এভাবে তার সাথে তার বাবার মধ্যে বিরোধ দেখা দেয়।

হঠাৎ তার বাড়িতে তার এক চাচা এলেন। সে পাড়ায় থাকে। তার নাম ছিল মিস্টার রতন দেব। বাবার সঙ্গে কথা বলতে বাড়িতে আসতেন, তিনি এখন অবসরে গেছেন।
যখন তিনি ছোট ছিলেন, তিনি একজন ফুটবল খেলোয়াড় ছিলেন এবং তিনি রাষ্ট্রীয় দলের হয়ে ফুটবল খেলতেন। তিনি ছিলেন সবচেয়ে অসাধারণ খেলোয়াড়দের একজন এবং রক্ষণভাগে খেলতেন। মার্শাল যখন স্কুলে পড়তেন, তখন মামার কাছ থেকে ফুটবলের কিছু টিপস নিতেন।

মিঃ রতন যখন তার বাড়িতে এলেন তখন তিনি তাকে জিজ্ঞাসা করলেন, "মার্শাল কেমন আছেন? আমি যখন আপনার বাড়িতে আসছিলাম তখন

বাইরে থেকে শুনতে পেলাম যে আপনি এবং আপনার বাবা এত জোরে চিৎকার করছেন। কিছু ভুল?

তার বাবা মিঃ রতনকে বলেছিলেন, "আমি তাকে নাটকীয়তা নিতে বলেছি, এটি একটি অতিরিক্ত বিষয় এবং সে খুব সহজেই নম্বর পেতে পারে তবে সে এটা নিতে চায় না কেন জানি না।" মিঃ বেতন মার্শালকে বললেন, আমি তোমাকে একটা কথা বলব। এটি সত্যিই একটি খুব সহজ বিষয়, আপনি সমাজবিজ্ঞানে আপনার মাস্টার্স করছেন তবে নাটকীয়তায় নয়। শুধুমাত্র মার্ক স্কোর করার জন্য নাটকীয়তা অধ্যয়ন করুন এবং সমাজবিজ্ঞানে মনোনিবেশ করুন কারণ এটি আপনাকে ক্যারিয়ারের দুর্দান্ত সুযোগের দিকে নিয়ে যাবে।"

এর পর মার্শাল এই বিষয়টি নেওয়ার সিদ্ধান্ত নেন।

মিঃ বেত এবং তার স্ত্রী মার্শাল হাউসের কাছে থাকতেন। তাদের কোনো সন্তান ছিল না। তারা মার্শালকে তাদের নিজের সন্তানের মতো বিবেচনা করে। মার্শালও তাদের খুব ভালবাসে, মিঃ রতনের স্ত্রী ছিলেন একটি স্কুলের শিক্ষিকা যেখানে মার্শাল আগে পড়তেন। একসময় মার্শাল তাদের বাড়িতে গিয়ে পড়াশোনা করতেন।
আজ মার্শালকে আগরতলা ছেড়ে কলকাতা যেতে হবে। তিনি তার বাবা-মা এবং তার চাচা-চাচির আশীর্বাদ নিয়ে বিমানবন্দরে যান।

## ছয়

45 মিনিট পর তিনি কলকাতায় পৌঁছান, তিনি একা ছিলেন তারপর তিনি হাওড়া রেলওয়ে স্টেশনে গিয়ে ট্রেন আসা-যাওয়া দেখতে যান, যা তিনি কলকাতায় আসার পর লাইভ করেন। সে ছিল যে ট্রেন থেকে তার চাচা আসবেন তার অপেক্ষায় এবং ট্রেন এবং ছুটির দিনে ভ্রমণে যাওয়া লোকদের দেখে তিনি জীবনের একটি গভীর সত্য খুঁজে পেলেন যে মানুষ বিশ্রাম নেওয়ার চেয়ে কাজকর্মকে খুব পছন্দ করে।

অন্যদিকে ট্রেনের চলাফেরা ও শব্দ দেখে সে ভাবছিল আমাদের জীবনটা একটা ট্রেনের মতো যেটা চলমান এবং চলছে কিন্তু কখন যে বিশ্রাম আসে তা কেউ জানে না।

তিনি ছয় বছরের একটি শিশুর বাবাকে দেখেছিলেন, তিনি প্রেম এবং স্নেহের একটি সত্যিকারের সম্পর্ক আবিষ্কার করেন। তিনি তার আগের ক্রিকেট এবং ফুটবল ম্যাচের কথা ভাবছিলেন মাঝে মাঝে তাদের কেউ কেউ ম্যাচের উপর বাজি ধরত। তিনি দেখতে পেলেন যে কোনো খেলায় অর্থের উদ্দেশ্য স্পর্শ করলে তার আনন্দ নষ্ট হয়ে যায়। মার্শাল প্ল্যাটফর্মে বসে ছিলেন সময় ছিল বিকাল ৪টা এবং তার ট্রেন প্ল্যাটফর্মে পৌঁছাবে সন্ধ্যা ৬টায়, তার ট্রেনের জন্য ২ ঘন্টা বাকি ছিল এবং সে তার পুরনো দিনের কথা ভাবছিল, তার মনে পড়ে একটি কবিতা যা সে কলেজে পড়ার সময় পড়েছিল। তার নিজ শহর। তিনি যেটি পড়েছিলেন যখন তিনি তার বিএ ডিগ্রি ফাইনালের ২য় বর্ষে ছিলেন, কবিতাটির নাম ছিল ক্যাসুয়ারিনাস ট্রি, এটি তারু দত্তের লেখা একটি খুব আবেগময় কবিতা, এই কবিতাটি হারিয়ে যাওয়া সুখের দিনগুলির স্মৃতি নিয়ে কাজ করে। কবির এক ভাই ও বোন ছিল, ভাই মারা গেলেন পরে

বোনটিও মারা যায়, গাছটি হারিয়ে যাওয়া ভাই এবং হারানো বোনের স্মৃতি হয়ে দাঁড়িয়েছিল।

রেলস্টেশনে বৃষ্টি হচ্ছিল; বৃষ্টির দিনে তার মাথায় একটা কথা এসেছিল যখন সে স্কুলে ছিল, সে স্কুল বাসে নাথালি জোনসকে নিয়ে মজা করত, এটা ছিল বর্ষাকাল যেটা সে সবথেকে বেশি পছন্দ করত আর যেটা সে পছন্দ করত না এবং যেদিন সে তাকে অপমান করেছে এবং তাকে বিরক্তিকর বলেছে, এটিও একটি বৃষ্টির দিন ছিল।

এমন সময় একজন লোক তার দিকে এগিয়ে এল তার বয়স প্রায় 50 বছর। সে তার কাছে এসে তার পাশে বসল, সে খুব লম্বা ছিল প্রায় 6 ফুট, তার বড় চোখ এবং মুখে দাড়ি ছিল। সে তার কাছে এসে বলল, তোমার নাম কি?

মার্শাল তাকে বললেন, 'আমি মার্শাল রায়।' লোকটি তাকে বলল, 'আমার নাম জেমস লেগাটো এবং আমি শান্তিনিকাতনের একটি সরকারি স্কুলে ইতিহাস পড়াতাম, কিন্তু এখন অবসর নিয়েছি। আমার মনে হয় আপনি প্রায়ই ট্রেন দেখতে এখানে যান। মার্শাল বললেন, "সেটা জানলে কি করে?" জেমস বলল, "আমি সময় পেলেই রেলস্টেশনে আসতাম ট্রেন আর মানুষ দেখার জন্য, তোমার মতোই তুমি কলকাতা বিশ্ববিদ্যালয়ে পড়ো।"

মার্শাল বললেন, 'হ্যাঁ, কলকাতা বিশ্ববিদ্যালয়ে আমি সমাজবিজ্ঞানে স্নাতকোত্তর করছি।' জেমস বললেন, 'খুব ভালো সাবজেক্ট, আমি এখন দেখছি খুব কম তরুণ-তরুণী তাদের জীবনকে সিরিয়াসলি নেয়, তারা আসল উদ্দেশ্য খুঁজতে চায়। জীবনের এবং এমন অনেক যুবক আছে যারা তাদের বাবা-মায়ের কথা শোনে না, তারা যা চায় তা করে, আমি জানি যে আমার বাবা-মা আমার শিক্ষার জন্য প্রচুর অর্থ ব্যয় করেছেন আমাকে একজন নিখুঁত মানুষ হিসেবে গড়ে তুলতে তারা সত্যিই মহান, আমি যখন বিশ্ববিদ্যালয়ে

পড়তাম তখন আমার বন্ধুরা নাইট ক্লাব এবং বারে যেত যেখানে আমি যেতে ঘৃণা করি। আমার কলেজে পড়া একটি মেয়ের সাথে বিয়ের পর আমরা দীর্ঘদিন একসাথে ছিলাম, আমাদের জীবন সুখের ছিল তার নাম ছিল রোজি সে আমাকে একজন ভাল স্বামী পেয়েছে তার পরে সে আমার মধ্যে একজন বিরক্তিকর স্বামী পেয়েছে এখন আমরা ডিভোর্স হয়েছি, আমার বাবা-মা আমার সাথে থাকছে আমাকে আমার বাবা-মায়ের দেখাশোনা করতে হবে। মার্শাল তাকে বললেন, 'তুমি আর বিয়ে করোনি'। সে বললো, "না, আমি তাকে বিয়ে করেছি এটা আমার দোষ, একটা মেয়ে ছিল যাকে আমি কলেজে পড়ার সময় ভালোবাসতাম আর সে স্কুলে পড়ত, সেও আমাকে খুব ভালোবাসতো কিন্তু কিছুদিন পর সে মারা যায়। অসুস্থতার জন্য।" মার্শাল তার কথা শুনে চুপ করে রইল। এই কথাগুলো বলতে গিয়ে জেমস মার্শালকে বললেন, "আমার মনে হয় তোমার বিশ্ববিদ্যালয়ে যাওয়া উচিত কারণ খুব মেঘলা বৃষ্টি আসতে পারে, তোমার সাথে কথা বলে ভালো লাগলো, আশা করি আবার দেখা হবে।"

তিনি ওই ব্যক্তির সঙ্গে কথা বলে বিশ্ববিদ্যালয়ের হোস্টেলে যাচ্ছিলেন। কলকাতায় বৃষ্টি হচ্ছিল, তিনি ইউনিভার্সিটিতে যাওয়ার পথে বৃষ্টি হচ্ছিল বলে কোনো যানবাহন ছিল না, এবং সে তার ছাতা বের করে সেই মুহূর্তে একটি গাড়ি তার সামনে এসে থামল। একজন মহিলা গাড়ি থেকে বেরিয়ে এলেন, তিনি তাকে বললেন, এবং 'আমি কি তোমাকে ড্রপ করতে পারি," মার্শালের তার গাড়িতে যাওয়া ছাড়া আর কোন উপায় নেই, তিনি সেই মহিলাদের বলেছিলেন। 'আপনার নাম কি এবং কোথা থেকে এসেছেন?' মনে হচ্ছে মহিলারা ভারতের নয়। তিনি তাকে বললেন, 'আমার মনে হয় আপনি কলকাতা বিশ্ববিদ্যালয়ে পড়েছেন, আমি আপনার নাটকের নতুন অধ্যাপক এবং আমি দুই মাস আগে এসেছি। রাশিয়া থেকে আপনার বিশ্ববিদ্যালয়।" মার্শাল তাকে বলল, 'তোমার নাম কি?" সে বলল, 'আমার নাম লুসি ম্যানিয়া, আর তুমি যেভাবে নাটকীয়তা নিয়েছ সেভাবেই তোমার হোস্টেলে এসেছ।"

মার্শাল বললেন, 'হ্যাঁ, নিয়েছি।' মিস লুসি বললেন, 'আপনি এই বিষয় পছন্দ করেন। আমি এটাও জানি যে তুমি সমাজবিজ্ঞানের ছাত্র।" মার্শাল তাকে বললেন, 'হ্যাঁ, আমি সমাজবিজ্ঞানের ছাত্র কিন্তু আমি নাটকীয়তা পছন্দ করি না, কারণ আমার বাবা-মা আমাকে এটা নিতে বলেছিল।" মিস লুসি জিজ্ঞেস করলেন, "কেন আপনি এটা পছন্দ করেন না?" তিনি বলেছিলেন, "এর কারণ এটি প্রেম, রোমান্স ইত্যাদি নিয়ে কাজ করে।" মিস লুসি বললেন, 'কেন আপনি এই সমস্ত জিনিস পছন্দ করেন না? তিনি বললেন, 'ম্যাডাম, আমার এখন চলে যাওয়া উচিত।

মিস লুসি বললেন, 'ঠিক আছে, আপনি পালানোর চেষ্টা করছেন কিন্তু মনে রাখবেন আগামীকাল আপনার ক্লাস শুরু হবে যে বিষয়ে আপনি পছন্দ করেন না, তাই আগামীকাল ক্লাসে দেখা হবে।

মার্শাল গাড়ি থেকে নেমে তার হোস্টেলে চলে গেল, এরপর মিস লুসি তার কথা ভাবছিলেন, সে ভাবছিল হয়তো তার জীবনের কোনো দুঃখজনক ঘটনা আছে এবং সে কারণেই সে এমন সব কথা বলছে যে সে তার জীবনে প্রথম দেখা হয়েছিল। যে কেউ প্রেম সম্পর্কে দেখে নেতিবাচক।"

পরের দিন সকালে তিনি খুব ভোরে ঘুম থেকে উঠে তার ক্লাসে যোগ দিতে যান, তার নাটকীয়তার প্রথম ক্লাসটি ছিল বিকাল ৩টায়, তার আগে সে তার সমাজবিজ্ঞানের ক্লাস শেষ করেছিল যেখানে সে তার মাস্টার্স করছিল। এই বিশ্ববিদ্যালয়ে বিদেশ থেকে পড়তে আসা অনেক ছাত্র ছিল; তাদের মধ্যে একটি মেয়ে ছিল যার নাম আদ্রিয়ানা জনসন সে তার সমস্ত সহপাঠীর মধ্যে শুধুমাত্র একটি মেয়ে ছিল যার চুল লালচে ছিল, সে আমেরিকা থেকে এসেছিল।

মার্শাল সেই ক্লাসে গিয়েছিলেন এটি তার প্রথম ক্লাস ছিল যখন তিনি ক্লাসে প্রবেশ করেছিলেন তখন তিনি তার সহপাঠীদের দেখে পুরোপুরি হতবাক হয়েছিলেন, তিনি নিজেকে বলেছিলেন যে আমার নাটকীয়তাকে আমার অতিরিক্ত বিষয় হিসাবে নেওয়া উচিত ছিল না। সে সেখানে অপরিচিত হিসেবে দাঁড়িয়ে ছিল অন্যদিকে সে ছিল সবার মধ্যে সবচেয়ে খাটো লোক, যার উচ্চতা ৫ ফুট ৫ এই কারণে সে সবসময় তার মাকে বলতেন যে তার থেকে লম্বা কোনো মেয়ে দেখলেই সে রেগে যায় যদিও নাথালি। জোন্স তার চেয়ে একটু লম্বা ছিল, সে খুব বিষণ্ণ মেজাজে ছিল।

## সাত

মিস লুসি ক্লাসে প্রবেশ করলেন, তিনি দেখলেন মার্শাল বাইরে দাঁড়িয়ে আছে সে তাকে রুমে নিয়ে এল সে তাকে আদ্রিয়ানার পাশে বসতে বলল, মার্শাল গিয়ে তার পাশে বসল এবং সে তার এক বন্ধুকে বলল, 'আমি এখানে অনেক কার্টুন দেখি।"মার্শাল শুনেছে কিন্তু কিছু বলল না।

সে তার সমাজবিজ্ঞানের ক্লাস শেষ করে এই ক্লাসে এসেছে, সেখানে তার বন্ধুরা সবাই ভারতের বিভিন্ন রাজ্য থেকে এসেছিল কিন্তু এখানে সে তাদের সাথে কীভাবে মানিয়ে নেবে তা সে জানত না সে একটি ভয়ানক পরিস্থিতির মধ্যে ছিল।

কয়েক মিনিট পর ক্লাস শুরু হলো, মিস লুসি সবার কাছে একটি প্রশ্ন করলেন, 'প্রেমের জন্ম কবে? তোমাদের কারো কি ভালোবাসা সম্পর্কে কোনো ধারণা আছে।' প্রেম সম্পর্কে প্রত্যেকেরই ভিন্ন দৃষ্টিভঙ্গি ছিল এবং তারপর মিস লুসি মার্শালকে জিজ্ঞাসা করলেন, 'আমি আপনাকে কিছু বলতে চাই।" মার্শাল বললেন, 'ম্যাডাম, এই বিষয়ে আমার কোনও ধারণা নেই তবে আমি একটি জিনিস জানি যে প্রেম আঘাত করে।" প্রেম সম্পর্কে তার মতামত শুনে সবাই অবাক হয়েছিলেন এমনকি মিস লুসিও। মিস লুসি বলেছিলেন, 'পুত্র, প্রেম সম্পর্কে তোমার দৃষ্টিভঙ্গি সম্পূর্ণ ভুল, তুমি জানো সত্যিকারের ভালবাসা এমন একটি পৃথিবী গঠন করে যেখানে নেতিবাচক কিছুই নেই, সত্যিকারের ভালবাসা এমন একটি অভিজ্ঞতা যা সমস্ত ব্যথা এবং ভয় কেড়ে নেয়, সত্যিকারের ভালবাসা অমরত্বের নিশ্চয়তা দেয়'?

এই কথাগুলো শুনে মার্শাল তার শিক্ষককে বললেন, সত্যিকারের ভালোবাসা না থাকলে কী হবে, তুমি সত্যিকারের ভালোবাসার কথা বলেছিলে কিন্তু এখন

এই পৃথিবীতে সত্যিকারের ভালোবাসা আর নেই এখন ভালোবাসার জন্ম উদ্দেশ্য হলো পাওয়ার, দেওয়া নয়। যাই হোক না কেন, এখন আমরা দেখতে পাচ্ছি একটি মেয়ে একটি ছেলেকে ভালবাসে বা একটি ছেলে একটি মেয়েকে ভালবাসে তার মধ্যে গুণাবলী দেখে সে খুব জনপ্রিয় হোক বা অনেক টাকা আছে, তারা দেখতে পায় না সে আসলে কেমন মানুষ? , এই হল ভালবাসার বিষয়।" মিস লুসি বললেন, "না, ছেলে এটা ঠিক নয় যে সত্যিকারের ভালবাসা আছে।" মার্শাল বললো, "কি ম্যাডাম, আজকাল কেমন হতে পারে ভালোবাসার বদলে লালসা আছে সেখানে সত্যিকারের লালসা।" মিস লুসি বললেন, "কি বলছ মার্শাল।" মার্শাল বলেছিলেন, "আমি জানি আমি যা বলছি আমি অপবাদের কথা বলছি কিন্তু আমরা সবাই জীবনের বাস্তব ঘটনাগুলি বুঝতে যথেষ্ট পরিপক্ক যা আমাদের সত্য জ্ঞান দেবে।" মিস লুসি বললেন, "এটা সত্যিকারের জ্ঞান নয়।" মার্শাল বলেছিলেন, "আমাদের জন্য বা আপনার জন্য হতে পারে ম্যাডাম তবে অন্যদের জন্য নয় যারা শারীরিক ঘনিষ্ঠতা চান, আমি এখন দেখছি যে বিশ্ব এখন যৌনতা এবং প্রোনোগ্রাফিক ভিডিওতে ব্যস্ত, বর্তমান বিশ্বে এখানে যৌনতা একটি নাটক।"

প্রেম সম্পর্কে তার দৃষ্টিভঙ্গি শুনে ক্লাস মিস লুসিও নীরব ছিল, সে তাকে বলেছিল, 'তুমি শুধু ভালোবাসার মিথ্যা মুখ দেখেছো কিন্তু ভালোবাসার ছেলের আসল চেহারা নয়, একদিন তুমি ভালোবাসার গভীর সত্যটা জানতে পারবে।'

ক্লাস শেষ হল মার্শাল হোস্টেলে যাচ্ছিল, সেই মুহুর্তে আদ্রিয়ানা তার কাছে এসে তাকে 'দুঃখিত' বলেছিল যে সে ক্লাসরুমে তার সম্পর্কে বলেছিল। মার্শাল তাকে বলেছিলেন, 'ঠিক আছে, প্রত্যেকেরই নিজস্ব দৃষ্টিভঙ্গি আছে এবং তারা যা অনুভব করে তা তাদের বলা উচিত তবে কখনও কখনও আপনার জানা উচিত যে এই পৃথিবীতে সমস্ত মানুষ এক নয় কেউ কেউ ভাল বোধ করতে পারে এবং কেউ খারাপ লাগতে পারে তবে দয়া করে কাউকে আঘাত করার চেষ্টা করবেন না।

এই কথা বলে মার্শাল তার হোস্টেলে চলে গেল কিন্তু আদ্রিয়ানা সেখানে দাঁড়িয়ে শুধু তাকে দেখছিল তার কথা শুনছিল সে ভাবছিল কেন সে তার সাথে আগে দেখা করেনি, সে তার জীবনে আগে এমন ছেলের সাথে দেখা করেনি সে তাকে আদর করতে শুরু করেছে।

পরের দিন সকালে ঘুম থেকে উঠে তার বিশ্ববিদ্যালয়ের মাঠে গিয়ে ক্রিকেট প্র্যাকটিস করতেন তিনি সবসময় এটা করেন কারণ তার সমাজবিজ্ঞান বিভাগ এবং মনোবিজ্ঞান বিভাগের মধ্যে একটি ক্রিকেট ম্যাচ হতে চলেছে সে তার দলের উদ্বোধনী ব্যাটসম্যান।

সেই মুহূর্তে মিস লুসি মার্শালের দিকে আসছিলেন, এটি একটি রবিবার এবং তিনি মার্শালকে তার বাড়িতে দুপুরের খাবারের জন্য আমন্ত্রণ জানাতে চেয়েছিলেন

তিনি সম্প্রতি যে বাড়িটি তৈরি করেছেন, মার্শাল যেতে চাননি তবে যেতে হবে যদি তিনি না বলেন তবে তার খারাপ লাগতে পারে। মিস লুসি বললেন, "আপনি এবং আদ্রিয়ানা বন্ধু হয়ে গেছেন, আমি দেখেছি আপনি এবং আদ্রিয়ানা একে অপরের সাথে কথা বলছেন, আপনি জানেন ছেলে সে আমার বোনের মেয়ে সে হোস্টেলে থাকে যা বিদেশ থেকে যারা এখানে পড়তে আসে তাদের জন্য। বিশ্ববিদ্যালয়।" মার্শাল বললেন, 'আমরা এখনও বন্ধু নই, আমি দুপুরের খাবার খেতে তোমার বাড়িতে আসব।
এই কথাগুলো বলে সে তার হোস্টেলে চলে গেল, মিস লুসি ভাবছিলেন যে সে এবং আদ্রিয়ানা বন্ধু হতে পারে কারণ তার খুব বেশি বন্ধু নেই এবং সে মানুষের সাথে মিশতে পছন্দ করে না এবং এই কারণে আদ্রিয়ানার মা তাকে এখানে পড়াশোনা করতে পাঠায়। .

26 শীতের বৃষ্টি

অনুশীলন শেষ হওয়ার পর মার্শাল তার হোস্টেলে গেলেন; আজ প্রায় 11 টার দিকে তার ক্রিকেট অনুশীলন দীর্ঘ সময়ের জন্য ছিল কারণ এটি রবিবার ছিল, যখন সে তার হোস্টেলে প্রবেশ করে তার বন্ধু জন তাকে একটি চিঠি দেয় যা তার চাচা রতন দেবের কাছ থেকে ছিল। মার্শাল চিঠিটা হাতে নিয়ে পড়তে শুরু করল;

প্রিয় মার্শাল,

আমি আশা করি আপনি ভালো আছেন আমরা এখানে সবাই ভালো আছি, আপনার বাবা-মা আপনাকে নিয়ে খুব চিন্তিত তারা সবসময় আপনার সাথে ফোনে কথা বলার চেষ্টা করে, কিন্তু লাইন সবসময় ব্যস্ত থাকে এবং তাই আপনার সাথে কথা বলা সম্ভব হয় না। তোমার আন্টি আজকাল তেমন ভালো নেই, সেও আমাকে তোমার সম্পর্কে জিজ্ঞাসা করেছিল এখন সে তার অসুস্থতার কারণে স্কুলে যেতেও পারে না তুমি যখন ছুটিতে আসবে তখন আমরা ফুটবল ম্যাচগুলি নিয়ে আরও আলোচনা করব যা আমরা আলোচনা করতাম। আগে, বিদায় নিজের যত্ন নিন।

তোমার চাচা

চিঠিটা পড়ে সে কিছুক্ষণ চুপ করে রইলো, সে জানে যে সে তার বাবা-মাকে খুব মিস করছে কিন্তু তার মা তাকে বলেছে তোমাকে অনেক সংগ্রাম করতে হবে এবং খুব ভালো এবং খুব শিক্ষিত মানুষ হতে হবে। যখন সে স্কুলে ছিল তখন সে পড়ালেখায় তেমন সিরিয়াস ছিল না সে শুধু খেলাধুলায় সময় কাটাত, তার মা তার জন্য খুব উদ্বিগ্ন ছিল, সে সবসময় তাকে ভালো করে পড়াশুনা করতে বলে কিন্তু সে কারো কথাই শোনেনি। যখন তিনি তার নিজের শহরে স্নাতক ডিগ্রির জন্য কলেজে যান তখন এটি তার জীবনের টার্নিং পয়েন্ট ছিল, তিনি কিছুটা উন্নতি করতে শুরু করেছিলেন।

এই পৃথিবীতে সে তার বাবা-মাকে খুব ভালবাসে সে সবসময় তাদের খুশি করার চেষ্টা করে। তিনি কেবল একটি চেয়ারে বসে ছিলেন এবং কেবল তার বাবা-মায়ের কথা ভাবছিলেন তারা কী করছে এবং তারা কীভাবে সে তার নিজের শহরে ফিরে যেতে চায় যা সে করতে পারে না। 25 বছরের একটি যুবক তার জীবনে অনেক অসুবিধা দেখেছে এবং ভবিষ্যতেও তা দেখতে হবে।

তখন দুপুর ১২টা এবং দুপুর ২টায় তাকে তার শিক্ষিকা মিস লুসির বাড়িতে দুপুরের খাবার খেতে যেতে হয়।

তার রুমমেট যতীন তাকে বলল, 'তুমি মিস লুসির বাসায় লাঞ্চ করতে যাচ্ছ। মার্শাল বললেন, 'কী করে জানলে? "জন বললো, 'একটা ছেলে আমাকে বলেছে, আমার মনে হয় তুমি দুপুর ২টায় যাবে, আসুন আমরা একটা দাবা খেলা খেলি।"
জন তার বোর্ড এবং প্যানগুলি বের করে, তারা দাবা খেলতে শুরু করে এবং বাইরে বৃষ্টি শুরু হয়। যতীন মার্শালকে তার বাবা-মা এবং একটি মেয়ের কথা বলেছিল যাকে সে ভালবাসত। যতীন তাকে বলেছিল, "যখন আমি আমার নিজের শহর পাঞ্জাবে কলেজে ইতিহাসে স্নাতক ডিগ্রি করছি, তখন আমি একটি মেয়ের প্রেমে পড়েছিলাম যে আমার বাড়ির কাছে থাকত আমি তাকে আগেও ভালবাসতাম যখন আমি স্কুলে ছিলাম তখন সে ছিল। আমার স্কুলে এবং আমার ক্লাসে পড়তাম, আমি সবসময় তাকে বলতে ভয় পেতাম কিন্তু একদিন সে আমার ডায়েরি পড়ে যেখানে আমি আমার জীবনের অভিজ্ঞতা লিখতাম, সে আমার ডায়েরি পড়ে তার জন্য আমার অনুভূতি জানতে পেরেছিল, আমি পুরোপুরি ছিলাম। ভয়ে সে এখন কি করবে কিন্তু সে আমার কাছে এসে বলল সেও আমাকে ভালোবাসে।" মার্শাল তাকে বললেন, "এর পর যা হয়েছে।" যতীন বললেন, 'আমি সত্যিই অবাক হয়েছিলাম এটা আমার

জীবনের এক চমৎকার অভিজ্ঞতা।" মার্শাল বললেন, 'সে এখন কোথায় এবং তার নাম কী?" যতীন বললেন, 'তার নাম ছিল পূজা সিং, এখন সে বোম্বেতে আছে, সেখানে পড়াশোনা করছে সে মাঝে মাঝে আমাকে চিঠি পাঠায় আমি কেমন আছি।

মার্শাল ভাবছিলেন কী দারুণ প্রেমের গল্প, ভগবান যেন তাদের আশীর্বাদ করেন যাতে তারা ভবিষ্যতে সুখী ও শান্তিপূর্ণ জীবনযাপন করতে পারে।

## আট

প্রায় দুপুর ২টা বাজে এবং ইউনিভার্সিটির কাছে মিস লুসির বাসায় যাওয়ার সময় ছিল। মার্শাল তার হোস্টেল থেকে বেরিয়ে মিস লুসির বাড়ির দিকে যাচ্ছিলেন। একটু বৃষ্টি হচ্ছিল মার্শাল হোস্টেল থেকে ছাতা নিয়ে নিলো কারণ সে জানতো আবার বৃষ্টি আসবে।
যখন সে মিস লুসির বাড়িতে যাচ্ছিল, তখন সে তার বন্ধু যতীনের কথা ভাবছিল যে একটি মেয়েকে ভালবাসত এবং তার ভালবাসা সফল হয়েছিল যতীন একজন খুব ভাগ্যবান ব্যক্তি যার ভালবাসার একটি অর্থ পেয়েছে এবং আশা করি এটি ভবিষ্যতে একটি সত্য পথে যাবে। কিন্তু কিছু মানুষ আছে যারা কাউকে ভালোবাসে কিন্তু তার বিনিময়ে ভালোবাসা পায় না বরং অপমান ও হয়রানির শিকার হয় এবং মার্শাল সেই দলে পড়ে।

মার্শাল মিস লুসির বাড়িতে গিয়ে দরজার বেল বাজালেন। আদ্রিয়ানা দরজা খুলল, সে আদ্রিয়ানাকে দেখে অবাক হল। আদ্রিয়ানা হাস্যোজ্জ্বল মুখে তাকে বললো, 'আমি অনেকক্ষণ ধরে তোমার জন্য অপেক্ষা করছিলাম।" মার্শাল বলল, 'তুমি এখানে আছো আমি তোমাকে এখানে দেখে সত্যিই অবাক হয়েছি।" তিনি বলেন, 'আমিও দুপুরের খাবারের জন্য আমন্ত্রিত।

আদ্রিয়ানা প্রথমবার এমন একটি ছেলের সাথে দেখা করে যে মনের দিক থেকে এবং তার আত্মার দ্বারা খুব ভাল তবে সে লোকেদের সাথে কথা বলতে পছন্দ করত না এবং এছাড়াও সে বন্ধুত্ব করতে পছন্দ করত না কিন্তু তার লোকেদের সনাক্ত করার ক্ষমতা আছে এটা বিশ্বাস করা সত্যিই খুব কঠিন যে মেয়েটি এত সুন্দর তার কোন বন্ধু নেই, সে সবসময় একা থাকতে পছন্দ করে।

সেই মুহুর্তে মিস লুসি তাদের কাছে এলেন, তিনি বললেন, 'মার্শাল আপনি এসেছেন আমি এবং অ্যাড্রিয়ানা আপনার জন্য অনেকক্ষণ অপেক্ষা করছিলাম, আসুন আমরা দুপুরের খাবার শেষ করি।

মার্শাল আদ্রিয়ানার সাথে ডাইনিং টেবিলে গেলেন সেখানে তিনি দেখলেন মিস লুসি এমন খাবার তৈরি করেছেন যা তার মা তার জন্য এমন খাবার তৈরি করতেন যা তিনি সবচেয়ে পছন্দ করেন। খাবার দেখে তার মন ফিরে গেছে মায়ের কাছে তার ঘরে। মিস লুসি তাকে বলেছিলেন, 'আমি আপনার জন্য প্রচুর খাবার তৈরি করেছি কারণ আমি জানতাম যে আপনি অনেক খেতে পছন্দ করেন।' যখন তিনি বলেছিলেন যে মার্শাল যখন 12 শ্রেণীতে স্কুলে পড়ার সময় ভাবছিলেন তখন তিনি কিছুটা মোটা হলেও খুব বেশি নয়। বর্তমানে সেও মোটা সে সময় তার একজন শিক্ষক তাকে কম খেতে বলেছিলেন কারণ সে অনেকবার টয়লেটে যেত।তারা দুপুরের খাবার খাচ্ছিল, আদ্রিয়ানা শুধু মার্শালের দিকে তাকিয়ে ছিল এবং মিস লুসি বুঝতে পারে যে আদ্রিয়ানা তাকে পছন্দ করে। , মিস লুসি মার্শালকে জিজ্ঞেস করলেন, 'আপনার বাবা-মা এখন কেমন আছেন'? একদিন মার্শাল মিস লুসিকে বললেন যে তার বাড়িতে তার বাবা-মা এবং তিনি তার দাদীর সাথে বসবাস করছেন কিন্তু তারা দশ বছর আগে মারা গেছে। মার্শাল বললেন, "তারা ঠিক আছে কিন্তু তারা সত্যিই আমাকে মিস করি, আমিও তাদের খুব মিস করি আমি সবসময় সেই সময়টার কথা মনে করি যখন আমার মা আমাকে বকাঝকা করতেন কিন্তু এখন তিনি আমাকে তিরস্কার করতে পারেন না আমিও তার তিরস্কার পেতে খুব আগ্রহী। আমাকে নিয়ে খুব চিন্তিত, আমার বাবা আমাকে সবকিছু দিয়েছেন আমি যা চেয়েছিলাম তিনি নিজের জন্য ভাবেননি কিন্তু একটি জিনিস আমি আমার বাবা-মাকে খুশি করতে পারিনি।" তার কথা শুনে আদ্রিয়ানা তাকে বলেছিল, 'যখন সময় আসবে তুমি আসবে। আপনার বাবা-মাকে নিজেকে নিয়ে গর্বিত করুন কিন্তু আপনি যখন আপনার জীবনে সফল হবেন তখন আপনি আমাদের ভুলে যাবেন না।" মার্শাল তার দুপুরের খাবার শেষ করে সে ওয়াশ রুমে হাত ধুতে গেল। ওয়াশরুমে যেতে চাইলে মিস

লুসি আদ্রিয়ানাকে বলেন, 'এই ছেলেটি তার জীবনে অনেক কষ্ট পেয়েছে, আমি প্রথমবার এমন একটি ছেলেকে দেখেছি যে এত ভালো এবং এত ভদ্র, এবং আমি জানি তাকে ভবিষ্যতে অনেক সংগ্রাম করতে হবে। আদ্রিয়ানা বলল, "হ্যাঁ, প্রথমবার যখন আমি তাকে দেখেছিলাম তার নিষ্পাপ মুখ আমাকে আকৃষ্ট করেছিল, আমি তার মধ্যে একজন সত্যিকারের মানুষ খুঁজে পেয়েছি।" মিস লুসি বললেন, 'আমার মনে হয় আপনি তার প্রেমে পড়েছেন।' আদ্রিয়ানা বলেছিল, 'না, আমি তা মনে করি না।"

মিস লুসি তাকে বললেন, 'আমি তোমাকে ছোটবেলা থেকেই চিনি আমি বুঝতে পারি তোমার হৃদয় ও মনে কী আছে।' আদ্রিয়ানা খুব লজ্জা পেয়ে মিস লুসিকে বললেন, 'আমাকে এখন চলে যেতে হবে আগামীকাল আমার একটি অ্যাসাইনমেন্ট জমা দিতে হবে।" মিস লুসি বললেন, 'পালানোর চেষ্টা করছি, ঠিক আছে তুমি এখন যাও কাল ক্লাসের পর আমার সাথে দেখা করবে।

আদ্রিয়ানা তার হোস্টেলে গিয়ে ভাবছিল যে সে যদি মার্শালের প্রেমে পড়ে যায়। অন্যদিকে মার্শাল মিস লুসির বাড়িতে ছিল, সে হোস্টেলে যাওয়ার জন্য প্রস্তুত ছিল কিন্তু সেই মুহূর্তে বৃষ্টি শুরু হয়, সত্যিই খুব ভারী বৃষ্টি ছিল। মিস লুসি তাকে বললেন, "তুমি এখানে থাকো যখন বৃষ্টি থামবে তুমি তোমার হোস্টেলে চলে যাও।" মার্শালের সেই মুহুর্তে সেখানে থাকা ছাড়া আর কোন উপায় ছিল না তিনি রাগবি দলের খেলোয়াড়দের সাথে মিস লুসির একটি ছবি দেখতে পেলেন যে ছবিটি তার অঙ্কনে স্থির করা ছিল। রুম। তিনি তাকে ছবিটি সম্পর্কে জিজ্ঞাসা করেছিলেন। মিস লুসি তাকে বলেছিলেন, "আমি যখন আমার ভাইয়ের সাথে দেখা করতে ইংল্যান্ডে গিয়েছিলাম তখন তিনি লিভারপুল বিশ্ববিদ্যালয়ে রাগবির কোচ ছিলেন তখন আমি ছবিটি তুলেছিলাম, আমি তুলতে চাইনি কিন্তু ছোট ভাই আমাকে তার দলের সাথে ছবি তুলতে বাধ্য করেছে।"

মার্শাল যখন তার গল্প শুনেছিল তখন তার একটা কথা মনে পড়ে, যখন সে স্কুলে 12 শ্রেণীতে পড়ে তখন সে রাগবি খেলার জন্য খুব উত্তেজিত ছিল কিন্তু তার খেলার কোন সুযোগ ছিল না কারণ ভারতে এই খেলাটি খেলা হত না। সে তার বন্ধুদের বলতেন এই খেলার কথা তারাও তাকে খুব পছন্দ করত সেখানে এক ছেলে ছিল তার নাম ইন্দ্রনীল। একদিন ইন্দ্রনীল টেলিভিশনে একটি রাগবি ম্যাচ দেখল, সে দেখল রাগবি খেলোয়াড়দের শরীর মার্শালের মতো কিন্তু তারা তার চেয়ে লম্বা। সেই মুহূর্তে মিস লুসি তাকে জিজ্ঞেস করলেন, 'আপনি মার্শালকে চিনতেন, অ্যাড্রিয়ানা আপনার সম্পর্কে কথা বলছিলেন, তিনি দেখতে খুব স্টাইলিশ কিন্তু বাস্তবতা হল যে তিনি খুব লাজুক।" মার্শাল বললেন, "কেন তিনি আমার সম্পর্কে নিচ্ছেন?" মিস লুসি বললেন, 'আমি জানি না।"

মিস লুসির একটি গুরুত্বপূর্ণ গুণ হল যে তিনি তার ছাত্রদের প্রতি খুব বন্ধুত্বপূর্ণ তিনি একজন অত্যন্ত যোগ্য ব্যক্তি এই গুণটি তাকে তার ছাত্রদের কাছাকাছি নিয়ে আসে। 45 বছর বয়সী এবং অবিবাহিত হওয়ায় তিনি তার ছাত্রদেরকে তার নিজের সন্তানের মতো আচরণ করেন।

মিস লুসি তাকে বলছিলেন, "আপনি জানেন যে আদ্রিয়ানা মার্কিন যুক্তরাষ্ট্র থেকে এসেছেন।" মার্শাল বললেন, 'আমি এটা জানি।" মিস লুসি তাকে বললেন, 'আপনি জানেন তার কোনো বন্ধু নেই, সে বন্ধু করতে চায় না মাঝে মাঝে তার মা তাকে নিয়ে খুব চিন্তিত হয়ে পড়েন, যখন তার মা দুই মাসের গর্ভবতী ছিলেন তার বাবা। তার মাকে ত্যাগ করেছে। তার মা একা থাকতেন মাঝে মাঝে তিনি আমার কাছ থেকে সাহায্য নিতেন। আমি তাকে ছোটবেলা থেকে চিনি।"

মার্শাল মিস লুসিকে বললেন, 'বৃষ্টি সবে থেমে গেছে আবার শুরু হওয়ার আগেই আমাকে চলে যেতে হবে।" মিস লুসি বললেন, 'মনে রাখো আগামীকাল তোমার ক্লাস আছে।

আগামীকাল ক্লাসে নাটক হবে।"

মার্শাল হোস্টেলে যাওয়ার পথে তিনি দেখলেন একজন অন্ধ লোক রাস্তা পার হওয়ার চেষ্টা করছে, সে রাস্তা পার হওয়ার অনেক চেষ্টা করেও সে রাস্তা পার হতে পারেনি তারপর সে তাকে সাহায্য করতে যাচ্ছিল কিন্তু সেই মুহূর্তে সে দেখতে পেল একজন লোক যে এসে অন্ধ লোকটিকে রাস্তা পার হতে সাহায্য করেছিল। তিনি দেখলেন, এই পৃথিবীতে যেখানে দুঃখে ভরা, আশার আলোও আছে, সেখানে আমাদের জীবনে ভালো কিছু আশা করা উচিত।

লোকটি তার কাছে এসে বলল, 'আপনি কি কলকাতা বিশ্ববিদ্যালয়ের ছাত্র।' মার্শাল বললেন, 'হ্যাঁ, আমি।' লোকটি বলল, 'আমি প্রফেসর সুদীপ সেন, আমি এই ইউনিভার্সিটির ফোনেটিক্সের নতুন প্রফেসর।'

তারা দুজনেই সেখানে হাত পাতেন। সুদীপ তাকে বলল, 'তুমি কোন সাবজেক্টে মাস্টার্স করছ'। মার্শাল বললেন, সমাজবিজ্ঞান। সুদীপ বলল, 'খুব সুন্দর সাবজেক্ট, আমি আসাম থেকে এসেছি আমি এই ইউনিভার্সিটি থেকে মাস্টার্স করেছি আমার বাড়ি আসামে, তুমি কখনো আসামে গিয়েছ।' মার্শাল বললেন, 'হ্যাঁ, আমি যখন ছোট ছিলাম তখন আমার অনেক আত্মীয়-স্বজন সেখানে থাকতেন। আমি আগরতলা থেকে এসেছি, আমি আমার হোস্টেলে পৌঁছেছি বিদায়।" সুদীপ তাকে জিজ্ঞেস করল, 'তুমি হোস্টেলে থাকো; আমি আগামীকাল আপনার সাথে দেখা করব, বিদায়।"

পরের দিন, সোমবার সকালে মার্শাল তার সমাজবিজ্ঞানের ক্লাসে যোগ দিতে গেলেন সেই মুহূর্তে তিনি দেখলেন আদ্রিয়ানা তার ক্লাসে যোগ দিতে যাচ্ছেন। আদ্রিয়ানা তাকে দেখে তাকে ডেকেছিল, মার্শাল তার ডাক শুনেছিল কিন্তু তাকে উপেক্ষা করার চেষ্টা করছিল কিন্তু সে তা করতে পারছিল না যে আদ্রিয়ানা তার কাছে এসে তাকে জিজ্ঞেস করল, 'গতকাল

মিস লুসির বাড়িতে খাবার কেমন ছিল?' মার্শাল খুব নিচু গলায় বলল। , 'ঠিক আছে, আমার ক্লাসের জন্য দেরি হয়ে যাচ্ছে" আদ্রিয়ানা তাকে বলল, "দাঁড়াও, মিস লুসি আমাকে বলেছিল যে বিকাল ৩টায় ক্লাস আছে।" মার্শাল বললেন, 'আমি জানি। এই বলে সে ক্লাসে যাওয়ার পথে। আদ্রিয়ানা ভাবছিল যে সে তাকে পছন্দ করে না এই কারণে সে তার সাথে কথা বলতে চায় না কিন্তু সে সত্যিই বাদ দিয়েছিল যে সে তাকে খুব ভালবাসে কিন্তু সে তাকে বলার সাহস পায় না যে সে যদি রেগে যায়।

মার্শাল তার সমাজবিজ্ঞানের ক্লাস শেষ করেছে, এখন সে তার নাটকীয়তার ক্লাস করতে যাচ্ছিল, সে সেই ক্লাসে গিয়ে আদ্রিয়ানার পাশে বসল, আদ্রিয়ানার বয়স মাত্র 22 বছর এবং সে মার্কিন যুক্তরাষ্ট্র থেকে এসেছিল এবং সেখানে শিক্ষা ব্যবস্থা অনেক বেশি আলাদা। তারপর ভারত। 22 বছর বয়সে তিনি একটি মেয়ে বিশ্ববিদ্যালয়ে এসেছিলেন যে খুব অল্প বয়সে তার জীবনে অনেক উত্থান-পতন দেখেছে।
কয়েক মিনিট পর মিস লুসি ক্লাসে এলেন। তিনি সবাইকে বলেছিলেন, "গ্রীষ্মের ছুটির পরেই সিমলা ভ্রমণ হবে, এই ক্লাস থেকে সমস্ত শিক্ষার্থী সিমলায় যাবে, আমি ইতিমধ্যে উচ্চ কর্মকর্তাদের সাথে কথা বলেছি তারাও আমার প্রস্তাব গ্রহণ করেছে, এই সিমলা ভ্রমণটি সবচেয়ে বেশি হবে। সকলের জন্য উত্তেজনাপূর্ণ অভিজ্ঞতা মূলত বিদেশ থেকে আসা শিক্ষার্থীদের জন্য।"

এই সব বলার পর সে ক্লাস শুরু করল কিন্তু ততক্ষণে চলে যাবার সময় হয়ে গেল, তার পরে মিস লুসি বললেন, 'আমার ভাগ্য দেখুন আমি ভেবেছিলাম আজকে তোমার সাথে ক্লাস করব কিন্তু সময় শেষ, তাই আগামীকাল যাব। তোমার সাথে ক্লাস কর।"

মার্শাল ক্লাস থেকে বেরিয়ে এল, আদ্রিয়ানা তাকে বলল, "তুমি কখনো সিমলা গিয়েছ।' মার্শাল বলল, 'না' আদ্রিয়ানা বলল, 'আমি শুনেছি সিমলা খুব

সুন্দর জায়গা। 'আমার তাই মনে হয়' মার্শাল তাকে বলল, সে তাকে বলল, 'তুমি সন্ধ্যাবেলা ফ্রি আছ, চলো আমরা কাছের পার্কে যাই। আমাদের ইউনিভার্সিটি মার্শাল তাকে বললেন, "না, আজ নয় আমার পরীক্ষা আছে আগামীকাল আমাকে তার জন্য পড়তে হবে", আদ্রিয়ানা তাকে বললেন, "ঠিক আছে, তোমার পরীক্ষার জন্য শুভকামনা। মার্শাল চলে গেল। আদ্রিয়ানা ভাবছিল যে সে যদি কাউকে বলে। তার সাথে পার্কে বা অন্য কোথাও যেতে অন্য ব্যক্তির চেয়ে তার সাথে যেতে খুব আগ্রহী হবে, কেউ তাকে না বলতে পারে না তবে সে মার্শালের মধ্যে একজন সত্যিকারের বন্ধু পেয়েছে, একজন সত্যিকারের মানুষ যার সাথে সে যেতে পারে তার সারা জীবন কাটান।

মার্শাল তার হোস্টেলে গিয়ে তার সমাজবিজ্ঞানের বইটি বের করলেন এবং সামাজিক নৃবিজ্ঞানের অধ্যায়টি পড়তে শুরু করলেন, তিনি ধর্মের অধ্যায়টি বের করলেন যেখানে তিনি তার পিএইচডি করতে চান, যদি তিনি সুযোগ পান যেটি তার স্বপ্ন ছিল যখন সে প্রথমবার গ্রহণ করেছিল। তার বিষয় হিসেবে সমাজবিজ্ঞান। একদিন তিনি সমাজবিজ্ঞানে স্নাতক ডিগ্রি করার সময় তার এক আত্মীয়কে এটি সম্পর্কে বলেছিলেন
তার নিজ শহরের কলেজে। তার আত্মীয়, সে একজন প্রাক্তন অধ্যাপক, সে মার্শালকে সবার সামনে অপমান করেছে। মার্শাল এমন একটি ছেলে যে তার জীবনের প্রতিটি পদক্ষেপে অপমানিত হয়েছে স্কুলে, বাড়িতে বা তার টিউশনে সে তিনটি ক্লাসে তার জীবনের 3 বছর হারিয়েছে। তিনি তার অধ্যায় পড়তে শুরু করেন।

## নয়

বিশ্বাসের একটি সিস্টেম হিসাবে ধর্ম,

*ধর্ম বিশ্বাস এবং অনুশীলন নিয়ে গঠিত। নৃতাত্ত্বিকরা সর্বদা অনুশীলনের গুরুত্ব সম্পর্কে একমত, তবে তাদের বিশ্বাসের চিকিত্সা বিভিন্ন সময়ে খুব আলাদা ছিল। উনবিংশ শতাব্দীতে বিশ্বাসগুলি প্রথম অভিজ্ঞতার নিষ্পাপ ব্যাখ্যা হিসাবে বিদ্যমান ছিল বলে মনে করা হয়েছিল, এবং ধর্মটি তাদের উপর নির্মিত হয়েছিল। তারপরে একটি পর্যায় এসেছিল যেখানে অনুশীলনগুলিকে সমস্ত গুরুত্বপূর্ণ হিসাবে বিবেচনা করা হয়েছিল এবং অনুশীলনকে ন্যায্যতা দেওয়ার জন্য বিশ্বাসগুলি তৈরি হয়েছিল। আজ, যদিও আমরা ধর্মের নয়-দন্ত শতাব্দীর ব্যাখ্যায় ফিরে আসিনি ভ্রান্ত যুক্তির ফল, তবুও আমরা স্বীকার করি যে প্রতিটি সমাজেরই 'বিশ্ব-দৃষ্টি' আছে এবং সেই সমাজে যেসকল সমাজে পরীক্ষামূলক বিজ্ঞানের কোনো ঐতিহ্য নেই। এটি ধর্মীয় মতবাদের আকারে প্রণয়ন করা হয়েছে।*

*ডুরখেইম ছিলেন আদিম ধর্মের প্রথম লেখক যিনি একজন স্বীকৃত অবিশ্বাসী ছিলেন এবং তাই সমস্ত বিশ্বাসকে তাদের সত্য বা মিথ্যাকে কেন্দ্রীভূত করার স্তরে বিবেচনা করেছিলেন। টাইলর এবং ফ্রেজার, যদিও নির্দিষ্ট ধর্মতাত্ত্বিক দৃষ্টিভঙ্গির পক্ষপাতী নয় তারা মনে করেন যে কিছু বিশ্বাস অন্যদের তুলনায় সত্য এবং সেইজন্য উচ্চতর, আরও 'উন্নত' তাদের সাথে অলৌকিক সত্তা এবং শক্তির প্রতি নির্দেশিত আচরণের ধরনগুলিকে ধর্মীয় এবং ধর্মে বিভক্ত করার চেষ্টা শুরু হয়। যাদুবিদ্যাকে একটি জনপ্রিয় শ্রেণীবিভাগ বলা যেতে পারে, এই অর্থে যে তাদের দিনে, আজকের মতো, যারা বিশ্বাসী ছিল যে ধর্ম সত্য ছিল সমানভাবে আত্মবিশ্বাসী ছিল যে জাদুটি মিথ্যা। টাইলর এবং ফ্রেজারও আগ্রহী ছিলেন প্রশ্ন জিজ্ঞাসা করার দরকার ছিল না, কারণ এটি সমস্ত ধর্ম সম্পর্কে ডুরখিমের জন্য নয়।*

এই কয়েক লাইন পড়ার পর তার ঘুম ভেঙ্গে যায়, মাত্র 15 মিনিট পর সে আবার তার অধ্যায় পড়তে শুরু করে;

*পূর্ববর্তী অধ্যায়গুলির বেশিরভাগই এমন উপায়গুলির সাথে কেন্দ্রীভূত হয়েছে যেগুলি খুব সীমিত কৌশলগুলির মাধ্যমে সামাজিক উদ্দেশ্য অর্জন করা হয় - কীভাবে একজন সরকারী যন্ত্র ছাড়া সরকার থাকতে পারে, বা পুলিশ ছাড়া আইন, বা অর্থ ছাড়া অর্থনীতি- এবং এটি অযৌক্তিক হবে না। বলুন যে তারা আলোচিত প্রতিষ্ঠানের প্রাথমিক রূপগুলি চিত্রিত করেছেন নৃবিজ্ঞানীরা ধর্মের প্রাথমিক রূপগুলিতে অনেক আগ্রহী, কিন্তু যেহেতু ধর্মের অনুশীলনগুলি প্রযুক্তির স্তরের সাথে ঘনিষ্ঠভাবে সম্পর্কিত নয়, তাই তারা সাধারণত টাইলর এবং ফ্রেজারের জন্য অন্যান্য মানদণ্ড দ্বারা বিচার করেছেন যা মৌলিক। মাপকাঠিটি বুদ্ধিবৃত্তিক ছিল, যত বেশি ভ্রান্ত ধারণা ছিল যার উপর এটি বিশ্রাম নিয়েছে, ধর্মটিকে তত বেশি প্রাথমিক হতে হবে ডারখেইম একটি ভিন্ন লাইন নিয়েছিলেন যখন সমস্ত ধর্মের আসল রূপ হবে কারণ অস্ট্রেলিয়ার আদিবাসীদের কৌশলগুলি সবচেয়ে প্রাথমিক যা আমরা সবাই জানি। তার পূর্বসূরিরা ধর্মকে এমন একটি ধারণা হিসেবে ভাবতেন যা কোনো এক সময়ে সহজ-সরল মনে জন্ম নেয়।*

সে শুধু পড়াশুনা করছিল কিন্তু সে খুব ঘুমিয়ে পড়ছিল এবং রাতে কয়েক ঘন্টা ঘুমিয়েছিল, সে ঘুম থেকে উঠত মাঝরাতে 12 টায় যেটা করতে সে ঘৃণা করত এবং তার পরীক্ষার জন্য প্রস্তুতি শুরু করলো, সে পড়াশুনা করার জন্য আরেকটি পাঠ নিয়েছিল। টোটেমিজম এবং ট্যাবু সম্পর্কে ছিল।
*টোটেমিজম*

*টোটেমিজম নামক কিছু যদি প্রকৃতপক্ষে মৌলিক সামাজিক প্রতিষ্ঠানগুলির মধ্যে একটি হয় তবে এর সারমর্মকে এমনভাবে সনাক্ত করা সম্ভব হওয়া*

উচিত যা এটি গ্রহণ করা বিভিন্ন রূপের মধ্যে স্বীকৃত হতে পারে। কিন্তু এটি কেবল অব্যবহারযোগ্য প্রমাণিত হয়েছে। শব্দটি কখনও কখনও অনুমিত বিশেষ অ্যাসোসিয়েশনের জন্য প্রযুক্তিগত নাম হিসাবে ব্যবহৃত হয়েছে, নির্দিষ্ট সামাজিক গোষ্ঠীর মধ্যে আচার আচরণ জড়িত। কিন্তু উত্তর আমেরিকার ভারতীয় অভিভাবক স্প্রিট একটি সামাজিক গোষ্ঠীর অন্তর্গত নয়; এটা সেই ব্যক্তির জন্য যে এটা স্বপ্নে দেখেছে। সাধারণভাবে এটি সত্য যে একটি দলের সদস্যরা এইভাবে একটি পশু পূজার সাথে জড়িত। ক্ষেত্রে মহান সংখ্যাগরিষ্ঠ পশু শালীন গ্রুপ সঙ্গে যুক্ত গ্রুপ. তবে এটি সর্বদা এমন নয়, কিছু ক্ষেত্রে প্রাণী প্রজাতির সাথে যুক্ত গ্রুপগুলি শালীন দল, তবে এটি সর্বদা হয় না; অস্ট্রেলিয়ার কিছু অংশে মহিলাদের সাধারণ টোটেম রয়েছে। প্রাণী প্রজাতির সাথে যুক্ত শালীন গোষ্ঠীর বেশিরভাগই বহিরাগত, তবে সমস্ত বহির্বিবাহী গোষ্ঠীর টোটেম নেই। এছাড়াও, যেমন উল্লেখ করা হয়েছে, কয়েকটি একতরফা বংশোদ্ভূত গোষ্ঠী যাদের টোটেম আছে এবং টোটেম আছে তারা কঠোরভাবে বহির্বিবাহকে আরোপ করে না

এর পরে তিনি নিষিদ্ধ সম্পর্কে পড়তে শুরু করেন;

নিষেধাজ্ঞা ত্রিগুণ প্রতিরক্ষামূলক, উত্পাদনশীল এবং নিষেধাজ্ঞামূলক হয় চাষের প্রক্রিয়ার সাথে যুক্ত ট্যাবুগুলিকে উত্পাদনশীল হিসাবে মনোনীত করা হয়, যেগুলি মহিলাদের, শিশুদের এবং ক্ষেত্রে পুরুষদেরকেও নির্দিষ্ট জায়গা থেকে দূরে রাখা; কর্ম এবং বস্তু প্রতিরক্ষামূলক; এবং যেগুলি ব্যক্তিদের বিচ্ছিন্ন করে বা তার সাথে যোগাযোগ সীমিত করে, যেমনটি একজন প্রধান, একজন যাজক, একজন যাদুকর বা একজন ঋতুমতী মহিলাদের ক্ষেত্রে করা হয়, সেগুলিকে এই অর্থে নিষিদ্ধ করার জন্য ডিজাইন করা হয়েছে যে তারা নিষিদ্ধ ব্যক্তিকে ক্ষতি করতে নিষেধ করে। অন্যদের. প্রতিরক্ষামূলক এবং নিষিদ্ধ নিষিদ্ধ প্রায় একই

তার চোখ জ্বালা করছিল সে ভেবেছিল কিছু সময়ের জন্য বিশ্রাম নেবে কিন্তু তার পরে সে তার সিদ্ধান্ত পরিবর্তন করে আবার পড়াশুনা শুরু করে।

পরের দিন সকালে, তার পরীক্ষার সময় ছিল সকাল 10 টায় সে রেডি হয়ে বিশ্ববিদ্যালয়ে তার পরীক্ষা দিতে গেল, সে প্রশ্নপত্র পেল সে যা কিছু পড়াশুনা করেছে তার সবই পাওয়া গেল, সে খুব খুশি হল সে তার পরীক্ষা দিল এবং যখন বেল বাজিয়ে তিনি পরীক্ষার হল থেকে বেরিয়ে আসেন। হোস্টেলে যাওয়ার পথে সে আদ্রিয়ানার সাথে দেখা করে, সে বলল, 'তোমার পরীক্ষা কেমন হল?"সে বলল, "ঠিক আছে।" সে চলে যাওয়ার চেষ্টা করছিল সে তার সাথে কথা বলতে চাইছে না, যখন সে যাচ্ছিল। আদ্রিয়ানা তাকে বললেন, 'আমার কাছে দুপুর ২টার একটি সিনেমার জন্য দুটি টিকিট আছে, আপনি কি আমার সাথে যেতে চান।' মার্শাল বললেন, "আমি যেতে চাই কিন্তু আমার আরও কিছু ব্যক্তিগত কাজ আছে।" বললেন, "তুমি টাকার চিন্তা করো না আমার টাকা আছে।" মার্শাল বলেছিলেন, "এটা অর্থের সমস্যা নয় আমার একজন অধ্যাপকের সাথে দেখা করতে হবে, তিনি আমাকে আজ তার সাথে দেখা করতে বলেছিলেন।" আদ্রিয়ানা বলল, ঠিক আছে।"

হোস্টেলে গেলে তার বন্ধু যতীন তাকে বলল, “তুমি আদ্রিয়ানার সাথে দেখা কর”, “কেন”? মার্শাল জবাব দিল। যতীন তাকে বলল, 'আদ্রিয়ানা তোমার সাথে দেখা করতে এসেছিল; সে আপনার সাথে একটি মুভিতে যাওয়ার পরিকল্পনা করেছিল যা দুপুর 2 টায়, সে এখানে একটি নতুন পোশাক পরে এসেছিল যা সে বাজার থেকে এনেছিল যা সে পরার পরিকল্পনা করেছিল, সে কখন আপনার সাথে একটি সিনেমা দেখতে যাবে, সে পরিকল্পনা করেছিল এটা অনেকদিন ধরে, সে আমাকে সিনেমার চরিত্রগুলোও বলেছিল, এটা স্যামি কাপুরের সিনেমা ছিল সে তার প্রিয় তারকা এবং সেও আমাকে বলেছিল যে সে তোমার সাথে সিনেমাটি দেখতে খুবই আগ্রহী। "

মার্শাল ভাবছিলেন যে তিনি যা করেছেন তা সঠিক নয়, ওয়ার্ডের পরে তিনি বুঝতে পারলেন যে একটি মেয়ে যে তার জন্য অনেক ব্যথা নিয়েছে সে তাকে উপেক্ষা করেছে কিন্তু তার পরে সে ভেবেছিল যে সে যা করেছে তা সঠিক নয় এই সব অর্থহীন তার সময় নষ্ট করতে চান এবং কম কার্যকলাপ আশা.

শুক্রবার সকাল ছিল। মার্শাল তার সমাজবিজ্ঞান ক্লাসে মাছ ধরার পর তার ক্লাসে গিয়েছিলেন তিনি তার নাটকীয়তার ক্লাসে যোগ দিতে গিয়েছিলেন। তিনি আদ্রিয়ানার পাশে বসলেন যা ছিল তার স্থায়ী বসার জায়গা। মিস লুসি ক্লাসে ঢুকে ক্লাস করতে লাগলেন। আদ্রিয়ানা শুধু মার্শালের দিকে তাকিয়ে ছিল কিন্তু মার্শাল তার শিক্ষকের দিকে মনোযোগ দিচ্ছিল। সেই মুহূর্তে মার্শাল জানালার পাশ থেকে দেখলেন যে একজন মা তার 5 বছরের বাচ্চাকে নিয়ে ফুটপাতে বসে খাবারের জন্য ভিক্ষা করছেন। মার্শাল মিস লুসিকে বললেন, 'ম্যাডাম, আমি কি ওয়াশরুমে যেতে পারি। মিস লুসি তাকে অনুমতি দিলেন এবং তাড়াতাড়ি ফিরে আসতে বললেন।

মার্শাল তার ক্লাস থেকে বেরিয়ে তার হোস্টেলে গিয়ে এক প্লেট ভাত, কিছু সবজি এবং এক বোতল পানি নিয়ে সেই মায়ের কাছে গেল যে তার সন্তানের সাথে ফুটপাতে বসে ছিল এবং তাকে খাবার দিল। আদ্রিয়ানা তাকে দেখেছিল যে সে কি করছে সেদিন থেকে আদ্রিয়ানা তাকে আগের চেয়ে বেশি সম্মান করতে শুরু করেছিল, সেদিন মার্শাল দুপুরের খাবার খায়নি।

মার্শাল তার ক্লাসে ফিরে এলো এবং ক্লাস শেষ হওয়ার কয়েক মিনিট পর তার শিক্ষকের দিকে মনোযোগ দেওয়ার চেষ্টা করছিল, মার্শাল বাইরে গিয়ে শুধু পার্কে বসে ছিল যেটি বিশ্ববিদ্যালয়ের ছিল সে তার হোস্টেলে দুপুরের খাবারের জন্য যায়নি কারণ সে জানতাম যে সে দুপুরের খাবার খেতে পারবে না।

সেই মুহূর্তে আদ্রিয়ানা তার কাছে এসে তার জন্য কিছু স্যান্ডউইশ নিয়ে আসে। মার্শাল বললেন, "আমি আমার দুপুরের খাবার শেষ করেছি।" আদ্রিয়ানা তাকে বলেছিল, 'মিস লুসি আমাকে কিছু খাবার দিতে বলেছিল কারণ সে তোমার কার্যকলাপ দেখেছে।" মার্শাল স্যান্ডউইশ নিয়ে তার দুপুরের খাবার শেষ করলেন। অ্যাড্রিয়ানা তাকে মিথ্যা বলেছিল কারণ সে জানত যে যদি সে তাকে বলে যে সে তার জন্য এটি এনেছে তবে সে কখনই তা গ্রহণ করবে না।

দুপুরের খাবার শেষ করে মার্শাল তার হোস্টেলে চলে গেল। আদ্রিয়ানা হোস্টেলে যাচ্ছিল। মিস লুসি তাকে মার্শালকে এটি দিতে দেখেছিলেন; সে আদ্রিয়ানার দিকে এলো এবং তাকে তার বাড়িতে তার সাথে দুপুরের খাবার খেতে বলল। আদ্রিয়ানা বলেন, 'না আমার ক্ষুধা লাগছে না। মিস লুসি তাকে বললেন, 'দয়া করে, আমি খুব খুশি বোধ করব।' আদ্রিয়ানা বলল, 'চল যাই।'

আদ্রিয়ানা দুপুরের খাবার খেয়ে মিস লুসির বাড়িতে গিয়েছিলেন। মিস লুসি তাকে বললেন, "শনিবার মার্শালকে বলুন, আপনারা দুজনেই আমার বাড়িতে ডিনারে আমন্ত্রিত।"

আদ্রিয়ানা বলেছিলেন, সেদিন বিশেষ কিছু। পরের দিন সকালে মার্শাল খুব ভোরে ঘুম থেকে ওঠেন, তিনি তার ক্রিকেট ম্যাচের অনুশীলনের জন্য খেলার মাঠে যান যা পরের দিন ছিল। আদ্রিয়ানা তার কাছে এসে তাকে বলল, 'মার্শাল তোমার কাল ম্যাচ আছে'। মার্শাল বলল, 'হ্যাঁ, তুমি ক্রিকেট পছন্দ করো'। আদ্রিয়ানা বলেন, 'আমি ক্রিকেট ভালোবাসি'। মার্শাল বললেন, 'আগামীকাল আমাদের ম্যাচ। আদ্রিয়ানা বলল, 'আমি জানি তাই আমি এখানে এসেছি তোমার ম্যাচের জন্য শুভকামনা জানাতে এবং এটাও জানাতে যে মিস লুসি তোমাকে আগামীকাল সন্ধ্যা ৭টায় তার বাড়িতে ডিনারের জন্য আমন্ত্রণ জানিয়েছেন।' মার্শাল তাকে জিজ্ঞেস করলেন, 'কেন বিশেষ কিছু?

"? আদ্রিয়ানা বলেন, 'এটা একটা সারপ্রাইজ'। মার্শাল বললেন, আমি আগামীকাল আসব, বিদায়।

## দশ

যেদিন আদ্রিয়ানার জীবনের সব কিছু আলাদা করে শেষ হয়েছিল, সেদিন সে এতটা খুশি ছিল যতটা সে আগে কখনো ছিল না। তার খুশির কারণ ছিল মার্শাল, সে কখনো মার্শালকে তার সাথে এত বন্ধুত্বপূর্ণ কথা বলতে দেখেনি, সে তাকে যা বলছিল, সে সব উত্তর দিচ্ছিল। আগে সে তাকে অবহেলা করত কিন্তু এখন আর সেরকম নয়, দিনটি ছিল তার জীবনের সবচেয়ে মূল্যবান দিনটি।

শনিবার, যে দিনটি মার্শাল অধীর আগ্রহে অপেক্ষা করছিলেন কারণ আজ সেখানে একটি ক্রিকেট ম্যাচ ছিল। ক্রিকেট ম্যাচ ছিল সকাল ১০টায়, ম্যাচের অন্তত ১/২ ঘন্টা বাকি ছিল, তিনি অনুশীলন করতে চাননি কারণ তিনি এত দিন অনুশীলন করেছেন। তিনি তার কোচের কাছ থেকে অনুমতি নিয়ে বিশ্ববিদ্যালয়ের লাইব্রেরিতে যান। প্রশিক্ষক তাকে বললেন, 'তুমি যেতে পার তবে সকাল ১০টার আগে চলে আসবে।' মার্শাল লাইব্রেরিতে গেলেন, তিনি হঠাৎ ডঃ অ্যাশেস রে-এর সাথে দেখা করলেন, একজন অত্যন্ত কঠোর প্রফেসর। ডঃ অ্যাশেস তাকে বললেন, 'কেমন আছেন? মার্শাল উত্তর দিলেন, 'আমি আছি। ভালো ম্যাডাম।" "আজ তোমার ক্রিকেট ম্যাচ", ডক্টর অ্যাশেজ তাকে জিজ্ঞেস করলেন। মার্শাল খুব নরম কণ্ঠে উত্তর দিল 'হ্যাঁ'। 'অত শুভকামনা', ডঃ অ্যাশেস তাকে বলেছিলেন।

বিশ্ববিদ্যালয়ের ছাত্রদের প্রতি তার অভদ্র আচরণের কারণে ডঃ অ্যাশেসের মতো বিশ্ববিদ্যালয়ে কেউ নয়। ডাঃ অ্যাশেসের একটি ছেলে আছে, তিনি একজন তালাকপ্রাপ্ত মহিলা। যখন সে বিবাহিত ছিল, কয়েক মাস পর তার স্বামী তার সাথে খুব নিষ্ঠুর আচরণ করতেন, যে কাজগুলো ব্যবহার করে প্রতিটি নারীর জীবনে বিরাজ করে তা হলো নারীর প্রতি সহিংসতা। তিনি 1982 সালে বিয়ে করেছিলেন এবং 1986 সালে তার বিবাহবিচ্ছেদ হয়েছিল।

মার্শালের প্রতি তার আচরণ ছিল খুবই নম্র এবং ভদ্র, তিনি তাকে নিজের ছেলের মতোই ব্যবহার করতেন। তার বিবাহিত জীবনে তিনি বিভিন্ন সমস্যার সম্মুখীন হয়েছেন এবং তার বেশিরভাগ সমস্যাই প্রধানত তার স্বামীর সাথে মোকাবিলা করেছেন, তিনি সর্বদা তার স্বামীর প্রতি বিশ্বস্ত থাকার চেষ্টা করেছিলেন কিন্তু শেষ পর্যন্ত তিনি ব্যর্থ হন। যেহেতু বিশ্ববিদ্যালয়ের সমস্ত স্টাফ এবং ছাত্ররা তাকে পছন্দ করে না কিন্তু মার্শাল সবসময় তাকে পছন্দ করে এবং সম্মান করে, এটি মার্শালের একটি দুর্দান্ত গুণ যা তাকে আলাদা করে তোলে।

মার্শাল মাটিতে গেলেন; এটা তার ক্রিকেট ম্যাচের সময় ছিল। শুরু করা. কলকাতা বিশ্ববিদ্যালয় টসে নিজেদের করে প্রথমে ব্যাট করার সিদ্ধান্ত নেয়। ওপেনিং ব্যাটসম্যান ছিলেন, সেঞ্চুরি করেছিলেন কিন্তু তাদের প্রতিপক্ষ দল ব্যাট করতে এলে ম্যাচ হেরে যায়। মার্শাল তার দলের পারফরম্যান্স নিয়ে খুব দুঃখিত ছিলেন। আদ্রিয়ানা ক্রিকেট ম্যাচ দেখতে এসেছিল, ক্রিকেটে তার কোন আগ্রহ নেই সে সেখানে এসেছিল শুধু মার্শালকে দেখতে, যে ছেলেটিকে সে অনেক ভালোবাসে কিন্তু তাকে সত্য বলার সাহস নেই।

সন্ধ্যা ৭টা। মার্শালের মিস লুসির বাড়িতে ডিনারের জন্য যাওয়ার সময় ছিল। সে তার হোস্টেল থেকে বের হয়ে মিস লুসির বাড়িতে যাচ্ছিল, মিস লুসির বাড়িতে পৌঁছতে প্রায় ২ মিনিট লেগেছিল। তিনি দরজার বেল বাজিয়ে দিলেন, মিস লুসি দরজা খুললেন, তিনি মিস লুসিকে তার কাঁধে একটি স্কার্ফ পরা একটি নতুন চেহারায় দেখেছেন যা তিনি কখনও দেখেননি, তিনি আজ রাতে তার খুব অনন্য স্টাইল দেখেছেন। মিস লুসি তাকে বললেন, 'তুমি এখনই এসেছো আমি ভেবেছিলাম তুমি তাড়াতাড়ি আসবে, আজকের ম্যাচটা কেমন হলো বলো।" মার্শাল বললেন, আমরা ম্যাচ হেরেছি'। মিস লুসি বললেন, 'চিন্তা করবেন না জয়-পরাজয় একটা অংশ। খেলার জন্য, পরের বার শুভকামনা, আমি আপনাকে বলতে ভুলে গেছি যে আদ্রিয়ানা আপনার জন্য

অপেক্ষা করছিল সে উপরের তলার করিডোরে দাঁড়িয়ে আছে।" মার্শাল উপরের তলায় গেলেন, তিনি দেখলেন আদ্রিয়ানা করিডোরে দাঁড়িয়ে চাঁদের দিকে তাকিয়ে আছে যা আংশিক মেঘে ঢাকা ছিল। আদ্রিয়ানা মার্শালকে দেখে বললো, "তুমি এসেছো, আমি তোমার জন্য অনেকক্ষণ অপেক্ষা করছিলাম।" মার্শাল তাকে জিজ্ঞেস করলো, "তুমি এখানে কি করছো"?

আদ্রিয়ানা তাকে বলেছিল, 'শুধু চাঁদের দিকে তাকিয়ে, রাতটি সত্যিই মনোমুগ্ধকর, মনে হচ্ছে রাতটি আমাকে কিছু বলতে চায় এর কিছু অনন্য সৌন্দর্য এবং মহিমা রয়েছে।"

সেই মুহূর্তে মিস লুসি সেখানে এলেন, তিনি তাদের দুজনকে বললেন, "ডিনারের জন্য আসুন, আমি অপেক্ষা করছি।" তারা ডাইনিং হলে গিয়ে বসল। আদ্রিয়ানা মিস লুসিকে জিজ্ঞেস করলেন, 'আপনি বলেছিলেন আজ একটি বিশেষ দিন। আপনার জীবন." মিস লুসি বললেন, 'হ্যাঁ, আজ আমার জন্মদিন।

মার্শাল বললেন, "আপনি আগে কেন বলেননি, আমি আপনার জন্য কিছু আনতে পারতাম।" একই কথা বললেন আদ্রিয়ানা। মিস লুসি বললেন, "আমি আমার উপহার পেয়েছি।" মার্শাল বললেন, 'কীভাবে? মিস লুসি বললেন, আজ রাতে তোমরা দুজনে এসেছ এবং আমি আমার উপহার পেয়েছি।'
মিস লুসি তাদের বলেছিলেন, "আমার জীবনের একটি দীর্ঘ গল্প আছে, এটি আমার সম্পর্কে এবং আমার অতীতের গল্প আমি কাউকে বলিনি যে এটি আমার হৃদয়ের গভীরে লুকিয়ে ছিল। আমি আমার জীবনের অভিজ্ঞতা শেয়ার করতে চাই। তোমাদের দুজনের সাথে কারণ তোমরা দুজন আমার খুব কাছের।" মার্শাল এবং আদ্রিয়ানা দুজনেই তার দিকে অদ্ভুত দৃষ্টিতে তাকিয়ে ছিল।

মিস লুসি বলেছিলেন, "সেই সময় ছিল যখন ভারত ব্রিটিশদের হাত থেকে মুক্তির জন্য সংগ্রাম করছিল। আমি তখন সেখানে ছিলাম, আমিও একজন ব্রিটিশ ছিলাম আমি ভারতে থাকতাম এবং আমার স্কুলের শিক্ষা শেষ করছিলাম আমার বাবা একজন ডাক্তার ছিলেন আমরা সরকার কর্তৃক প্রদত্ত একটি বাংলোতে থাকতাম। 1942 সালের শীতের এক শীতল মেঘলা দিনে, আমি আমার কলেজে যাচ্ছিলাম আমার বয়স 20 বছর আমি কলেজে যাচ্ছিলাম সেই মুহূর্তে আমি দেখলাম একজন লোক তার জীবন বাঁচানোর জন্য প্রচন্ড তাড়াহুড়ো করছে। ব্রিটিশদের হাত। লোকটিকে একজন ব্রিটিশ কর্মকর্তার হাতে ধরা পড়ে এবং ঘটনাস্থলেই তাকে গুলি করে হত্যা করা হয়। আমি তার পরিবারকে তার জন্য কাঁদতে দেখেছি, তিনি দুই সন্তানের পিতা ছিলেন তাকে হত্যা করা হয়েছিল কারণ তিনি একজন দেশপ্রেমিক ছিলেন তিনি ব্রিটিশ শাসন থেকে তার দেশের স্বাধীনতা চান।

আমি আমার বাড়িতে গিয়ে আমার বাবাকে ঘটনাটি বললাম যা আমি কয়েক মিনিট আগে লক্ষ্য করেছি। আমি আমার বাবাকে বললাম এটা আমার জীবনের এক ভয়ংকর অভিজ্ঞতা, আমার বাবা আমাকে বলেছিলেন, 'আমি জানি তোমার মনে কি চলছে আমিও এখানে থাকতে চাই না যেখানে এত সহিংসতা, মানুষের সাথে পশুর মতো আচরণ করা হয়, আমি চাই ইংল্যান্ডে ফিরে যেতে কিন্তু কর্মকর্তারা আমাকে করতে দিচ্ছে না যে আমি জানি এই কাজটা করা খুব কঠিন কিন্তু আমি এই জায়গা ছেড়ে যাওয়ার চেষ্টা করব।

পাঁচ দিন পর, রাত প্রায় ১১টা, রাতে কেউ চিৎকার করে দরজায় টোকা দিচ্ছে। এটা একটা খারাপ ঝাঁকুনি ছিল, আমি তখন ঘুমাচ্ছিলাম, আমি ঘুম থেকে জেগে উঠলাম আমি খুব ভয় পেয়েছিলাম কিন্তু 1 সাহস করে দরজা খুলল। আমি একজন লোককে দেখেছি, যার শরীরে রক্তে ভিজে গুরুতর আহত হয়ে সে তার জীবন বাঁচাতে সাহায্যের জন্য চিৎকার করছিল কারণ সে একজন দেশপ্রেমিক এবং গণতান্ত্রিক দলের নেতা। আমি তখন বাবাকে ফোন

করলাম, তিনি ঘুমাচ্ছেন না, তার স্টাডি রুমে অফিসিয়াল কাজ করছেন। সেই লোকটিকে তিনি বাড়ির ভিতরে নিয়ে আসেন, আমার বাবা দেখেন তার শরীরে পাঁচটি গুলি আটকে আছে, তার শরীর রক্তে ভিজে গেছে তার জীবন বাঁচানো সম্ভব ছিল না তবে আমার বাবা তার জীবনকে বিপদ থেকে বাঁচাতে সক্ষম হন।

এমন সময় কেউ একজন আমাদের দরজায় কড়া নাড়ছিল, আমার বাবা জানেন এটা একদল ব্রিটিশ কর্মকর্তা। তিনি অস্ত্রোপচারের পোষাক পরে দরজা খুললেন তাদের দেখাতে যে তিনি একজন ডাক্তার যা তার কাজ ছিল। তিনি দরজা খুললে একদল ব্রিটিশ কর্মকর্তা তাকে তাদের সঙ্গে হেড কোয়ার্টারে যেতে বলেন; তারা আমার বাবাকে তাদের হেড কোয়ার্টারে নিয়ে গেল এবং তাকে জিজ্ঞেস করলো কেন সে ঐ ব্যক্তির জীবন বাঁচিয়েছে।

আমার বাবা তাদের বলেছিলেন, তিনি একজন ডাক্তার তিনি তার কাজ করেছেন। একজন কর্মকর্তা তাকে বলেছিলেন, 'আপনি একজন ব্রিটিশ কেন আপনি একজন ভারতীয়র জীবন বাঁচাতে পারেন যারা আমাদের শত্রু!' আমার বাবা বারবার তাদের বলছিলেন যে তিনি একজন ডাক্তার এবং তিনি তার কাজ করেছেন, তিনি উগ্র জনতাকে এই কথাগুলি বলছিলেন কিন্তু কেউ তার কথা শোনেনি শেষ পর্যন্ত তাকে গ্রেপ্তার করা হয়েছিল কারণ সে ভারতীয়দের মধ্যে ছিল এবং তাদের বিশ্বাসঘাতক ছিল। আমি আমার বাবাকে শেষবারের মতো দেখেছি। কারাগারে তিনি আমাকে আমার খালার সাথে দেখা করতে বলেছিলেন যিনি কাছাকাছি থাকতেন তিনি আমাকে তার জন্য চিন্তা করবেন না বলেও বলেছিলেন, তিনি আমাকে বলেছিলেন প্রতি সপ্তাহে তিনি আমাকে একটি চিঠি পাঠাবেন।

দশ বছর সে জেলে ছিল, তার দোষ ছিল একজনের জীবন বাঁচানো এখন সে ইংল্যান্ডে থাকে আমি তাকে বলেছিলাম এখানে এসে আমার সাথে থাকতে কিন্তু সে এখানে আসতে চায় না কারণ এই জায়গাটা তার জন্য একটি দুঃস্বপ্ন।

রাতের কোন এক সময় আমি ঘুমাতে পারি না এই ঘটনার কারণে যা আমার মনে আসে। আমি সাধারণত আমার বাবার সাথে দেখা করতে ইংল্যান্ডে যাই, চাকরি থেকে অবসর নেওয়ার পরে আমি আমার বাবাকে রাশিয়ায় নিয়ে যাব যেখানে আমি থাকি এবং আমি যতটা পারি আমার বাবার যত্ন নেব, এখন 1992 সাল এবং এই ঘটনাটি ঘটেছিল। 1945, 47 বছর পেরিয়ে গেছে সবকিছু পাল্টে গেছে কিন্তু আমার কাছে মনে হচ্ছে এই ঘটনাগুলো ঘটেছে ঠিক এই মুহূর্তে, এটা একটা ভয়ানক দুঃস্বপ্ন ছাড়া আর কিছুই নয় এবং সেই কারণে আমার বাবা ভারতে আসতে চান না। কখনও কখনও আমি রাতে ঘুমাতে পারি না আমার সমস্ত অতীত জীবন, আমি যে ঘটনাগুলির মধ্য দিয়েছি তা ভেবে।

আজ রাতে আমি খুব মুক্ত বোধ করছি কারণ বহু বছর ধরে আমার হৃদয়ে যে বোঝা ছিল তা আজ রাতে কমে গেছে আমি স্বস্তির একটি প্রবল চিহ্ন পেয়েছি।"

মার্শাল এবং আদ্রিয়ানা তার গল্প শুনে হতবাক হয়ে গেলেন; তারা সত্যিই বিস্মিত যে মিস লুসি অনেক ভিন্ন পরিস্থিতি থেকে তার জীবন অতিবাহিত করেছেন. তারা দুজনেই ভাবছে তার জীবন থেকে আমাদের অনেক কিছু শেখা উচিত।

মিস লুসি মার্শালকে বললেন, "আজ রাতের খাবার কেমন ছিল বলো।" মার্শাল বললেন, 'খুব ভালো লাগছে, মনে হচ্ছে আমি আমার বাড়িতে আছি।' মিস লুসি তাকে জিজ্ঞেস করলেন, 'আপনার বাড়ি আগরতলায়।'

মার্শাল বললেন, 'হ্যাঁ'। মিস লুসি বলেছিলেন, 'আগরতলা ত্রিপুরার রাজধানী।' মার্শাল বললেন, 'হ্যাঁ, এটি আসামের কাছে উত্তর-পূর্ব অঞ্চলে অবস্থিত।' মিস লুসি বলেন, "আমি আসাম গিয়েছি কিন্তু ত্রিপুরায় যাইনি। আসাম তার চা বাগানের জন্য খুবই জনপ্রিয়।"

রাত তখন প্রায় সাড়ে ৮টা; তার হোস্টেলে যাওয়ার সময় হয়ে গেল। মার্শাল মিস লুসিকে বললেন, "ম্যাডাম আমাকে এখনই চলে যেতে হবে যদি আমি দেরি করি তাহলে সুপারিনটেনডেন্ট আমাকে তিরস্কার করবে।" মিস লুসি বললেন, "ঠিক আছে, আপনি চলে যেতে পারেন তবে মনে রাখবেন আগামীকাল একটি ক্লাস আছে, শুভ রাত্রি মার্শাল।" মার্শাল তার বাড়ি ছেড়ে চলে গেল।

এর পর আদ্রিয়ানা বলল, "এখন আমারও চলে যাওয়া উচিত।" মিস লুসি বললেন, 'কেন? কারণ মার্শাল চলে গেল।' আদ্রিয়ানা বলল, 'না, আমাকে এখন যেতে হবে'। মিস লুসি বললেন, 'ঠিক আছে তুমি যাও কিন্তু একটা কথা বলো।' আদ্রিয়ানা বলল, 'কি? মিস লুসি বললেন, "তুমি মার্শালকে ভালোবাসো, তুমি আমাকে মিথ্যে বলার চেষ্টা করো না আমি তোমাকে ভালো করেই চিনি।" আদ্রিয়ানা তাকে বলল, 'আমার দেরি হচ্ছে'। কিন্তু মিস লুসি তাকে একই প্রশ্ন করছেন। এরপর আদ্রিয়ানা বলেন, 'হ্যাঁ, প্রথমবার যখন তাকে দেখেছিলাম তখন তার প্রেমে পড়েছিলাম। মিস লুসি বললেন, "আমি জানতাম, সে জানে তুমি তাকে ভালোবাসো।" আদ্রিয়ানা উত্তর দিল, 'না'। মিস লুসি বললেন, "আপনি অবশ্যই তাকে বলবেন।' আদ্রিয়ানা বলেন, "না, আমি তাকে ভালোবাসি কিন্তু এর মানে এই নয় যে সে আমাকে ভালোবাসবে, আমি মরার আগ পর্যন্ত তাকে সবসময় ভালোবাসবো।" মিস লুসি বললেন, "আগে জানতাম তুমি খুব সুন্দর মেয়ে কিন্তু আজ জানলাম তুমি খুব ভালো মানুষ।"

## এগারো

মার্শাল সেই রাতে ঘুমায়নি সে শুধু বিভিন্ন পর্যায় নিয়ে ভাবছিল যদিও মিস লুসি যেটা অতিক্রম করেছেন, সে চোখ বন্ধ করতে পারে না যখন সে এমন করার চেষ্টা করে যে ছবিগুলো তার মনে ফোকাস করছে, মানুষ মারা যাচ্ছে, মানুষ মারা যাচ্ছে , একজন মা তার সন্তানের জন্য কাঁদছেন। সে ঘুমানোর চেষ্টা করছিল কারণ পরের দিন সকালে তাকে তার ক্লাসে যোগ দিতে তাড়াতাড়ি উঠতে হবে।

পরের দিন সকালে সে খুব তাড়াতাড়ি ঘুম থেকে ওঠে, এটা ছিল শুক্রবার এবং ঠিক 2 দিন পর সে তার বাড়িতে ছুটি কাটাতে যাবে। এটিই হবে তার শেষ অবকাশ তারপর সে তার মাস্টার্সের ফাইনাল পরীক্ষায় অংশ নেবে। তিনি তার সমাজবিজ্ঞান ক্লাসে যোগ দিতে গিয়েছিলেন; ডাঃ রাজ সেন অ্যানিমিজমের উপর বক্তৃতা দিচ্ছিলেন, তার বক্তৃতা শেষ করার পরে তিনি বেশ কয়েকজন ছাত্রকে প্রশ্ন জিজ্ঞাসা করতে শুরু করেছিলেন কিন্তু তাদের কেউই উত্তর দিতে সক্ষম হননি শেষ পর্যন্ত তিনি মার্শালকে জিজ্ঞাসা করেছিলেন কিন্তু তিনি উত্তর দিতে সফল হন।

কয়েক মিনিট পর ক্লাস শেষ, ডাঃ রাজ মার্শালকে বললেন, "আপনি আমার অফিসে আমার সাথে দেখা করুন।" মার্শাল তার অফিসে গেলেন; তিনি দেখলেন ডঃ রাজ কিছু লিখছেন। ডক্টর রাজ তাকে বললেন, "ভিতরে এসে বসো।" মার্শাল বাইরে দাঁড়িয়ে ছিল। ডাঃ রাজ তাকে বললেন, "মার্শাল আমি কাল চলে যাচ্ছি আমি চিরতরে লিসবন যাচ্ছি।" মার্শাল বললেন, 'কেন স্যার?' ডাঃ রাজ তাকে বলেছিলেন, 'আমি লিসবন থেকে একটি বিশ্ববিদ্যালয় থেকে চাকরির অফার পেয়েছি এবং আরেকটি গুরুত্বপূর্ণ কারণ হল যে আমার মা এখানে থাকতে চান না আমিও নেই তবে একটি জিনিস হল আমি আপনাকে

খুব মিস করব।" এটা শুনে মার্শাল খুব দুঃখ পেলেন, মার্শাল তাকে বললেন, "আমিও আপনাকে খুব মিস করব স্যার।' ডক্টর রাজ তাকে বলেছিলেন, 'মনে রেখো তোমাকে একদিন উজ্জ্বল হতে হবে, খুব কষ্ট করে পড়াশোনা করতে হবে, মজা করতে হবে এবং তোমার বাবা-মাকে তোমার জন্য গর্বিত করতে হবে, প্রতি বছর আমি তোমাকে লিসবন থেকে একটি চিঠি পাঠাব।"

খুব বিষণ্ণ মেজাজে অফিস থেকে বেরিয়ে এলেন। তিনি সত্যিই ডঃ রাজকে মিস করবেন তিনিই একমাত্র অধ্যাপক যিনি মার্শালকে ছাত্র হিসাবে নয়, বন্ধু হিসাবে এবং ভাই হিসাবেও ব্যবহার করতেন। মাঝে মাঝে মার্শাল অবসর পেলেই ডাঃ রাজের অফিসে যেতেন এবং তার সাথে গল্প করতেন। তার মনে আছে যখন তিনি প্রথম কলকাতা বিশ্ববিদ্যালয়ে আসেন ডঃ রাজ মাঝে মাঝে তার বাবা-মায়ের সাথে তার পড়াশোনার বিষয়ে কথা বলতেন, মার্শাল তার পড়াশোনায় অনেক উন্নতি করেছে কারণ ডাঃ রাজের নির্দেশনা। একদিন সে তার বাবা-মায়ের সাথে পাবলিক টেলিফোনে কথা বলছিল তার কাছে বিল দেওয়ার মতো টাকা নেই। ডাঃ রাজ তার বিল পরিশোধ করেছেন। এটি ডঃ রাজের উদারতা দেখায় যা তিনি তার জীবনে কখনই ভুলতে পারবেন না।

ডাঃ রাজও তার ব্যক্তিগত সমস্যা মার্শালের সাথে শেয়ার করতেন। মার্শালের মনে আছে একদিন ডঃ রাজ তার অফিসে খুব বিষণ্ণ মেজাজে বসে ছিলেন এবং মার্শাল তার দিকে এগিয়ে এসে তাকে জিজ্ঞাসা করলেন কিছু ভুল হয়েছে, ডাঃ রাজ সিয়াদ, “আমি আমার ছোট বোনের কথা ভাবছি যে 5 বছর আগে মারা গেছে। মার্শাল জিজ্ঞাসা করলেন, 'তার কি হয়েছে'? ডাঃ রাজ বললেন, "তিনি খুব অল্প বয়সে গর্ভবতী ছিলেন এবং একটি গর্ভপাতের মধ্য দিয়ে গিয়েছিলেন এবং এর ফলে তিনি মারা গিয়েছিলেন।" তিনি তাঁর প্রিয় ছাত্র ছিলেন তাঁর লেখার শৈলীতে তাঁর উন্নতি ছিল শুধুমাত্র তার কারণেই, ডঃ রাজ তাকে বলতেন তার লেখার স্টাইল উন্নত করতে এবং স্কুলের মানের মধ্যে না লিখতে কারণ স্কুল শিক্ষা এবং বিশ্ববিদ্যালয়ের শিক্ষার মধ্যে অনেক

পার্থক্য রয়েছে।ডাঃ রাজ তাকে একদিন স্কুলে বলেছিলেন এটি 80 এবং 90 নম্বর স্কোর করা খুব সহজ কিন্তু বিশ্ববিদ্যালয়ে এই ধরনের নম্বর স্কোর করা এত সহজ নয়, স্কুলে ছাত্ররা মুখ গুঁজে লিখত কিন্তু বিশ্ববিদ্যালয়ের ডিগ্রি পেতে হলে লেখার একটি মান থাকতে হবে। থিসিস লিখুন। মার্শাল তার ড্রামাটিকস ক্লাসে যোগ দিতে গিয়েছিলেন; তিনি আদ্রিয়ানার আসার জন্য অপেক্ষা করছিলেন। কয়েক মিনিট পর মিস লুসি ক্লাসে ঢুকলেন এবং ক্লাস করতে শুরু করলেন কিন্তু মার্শাল তখনও আদ্রিয়ানার জন্য অপেক্ষা করছিল সে শুধু দরজার দিকে তাকিয়ে ছিল এবং তার জন্য অপেক্ষা করছিল মনে হচ্ছে সে তার জীবনের একটি অংশ হয়ে গেছে।

মিস লুসি ক্লাসে যাওয়ার পর বললেন, "এটা ছিল তোমার সব শেষ ক্লাস, আমরা সবাই ছুটির পর দেখা করব, সবাইকে ছুটির শুভেচ্ছা।" তিনি ক্লাস থেকে বেরিয়ে গেলেন, মার্শাল মিস লুসিকে ডাকছিলেন, এবং মার্শাল তার কাছে এসে তাকে বললেন, 'ম্যাডাম আদ্রিয়ানা আজ তার ক্লাসে যোগ দিতে আসেননি, তিনি কি অসুস্থ'। মিস লুসি উত্তর দিলেন, "হ্যাঁ, আবহাওয়ার পরিবর্তনের কারণে সে কিছু ঠান্ডা জ্বরে ভুগছে, তোমার মনে আছে একদিন আমি তোমাকে বলেছিলাম তোমার ফাইনাল পরীক্ষা শেষ হলে সবাই সিমলায় স্টাডি ট্যুরে যাবে।" মার্শাল বলেছিলেন, "আমার চূড়ান্ত পরীক্ষাগুলি ছুটির পরেই হবে তারপরে আমাকে বিদেশে পিএইচডি ডিগ্রির জন্য আমার প্রবেশিকা পরীক্ষার জন্য প্রস্তুত করতে হবে।" মিস লুসি বললেন, "আপনার ফাইনাল পরীক্ষা শেষ হওয়ার পর আপনি 3 মাসের ছুটি পাবেন। আমার মনে হয় নভেম্বরে আপনার ফাইনাল পরীক্ষা শেষ হবে এবং পিএইচডির জন্য আপনার প্রবেশিকা পরীক্ষা মার্চে এবং আমরা সবাই এক মাসের জন্য সিমলায় থাকব।"

মার্শাল বললেন, 'হ্যাঁ ম্যাডাম, আমি ভুলে গেছি যে আমি সিমলা যাব, ম্যাডাম আদ্রিয়ানা সিমলা যাবেন। মিস লুসি উত্তর দিলেন, 'হ্যাঁ, তিনিও যাবেন, তিনি

ইতিমধ্যেই সিমলাতে গিয়েছিলেন যখন তার বয়স ছিল 7 বছর, আপনারা দুজনেই বন্ধু হয়েছিলেন।" মার্শাল বললেন, 'হ্যাঁ।' মিস লুসি বললেন, 'খুব ভাল, আমার ক্লাস শেষ হওয়ার পরে দেখা হবে, আমার অন্য ক্লাসের জন্য ইতিমধ্যে দেরি হয়ে গেছে, বাই।"

তার ক্লাস শেষ হওয়ার পর সে হোস্টেলে যাচ্ছিল। সে রাস্তার ধারে দেখল একটা মেয়ে সুন্দর ফুল বিক্রি করছে, সে সেই মেয়েটার কাছে গেল এক সেট ফুল কিনতে, আর সে কিছু ফুল কিছু লাল গোলাপ আর কিছু লিলি কিনলো। সেই মুহুর্তে তিনি আদ্রিয়ানার সাথে দেখা করেন, দুজনেই একে অপরকে দেখে খুব খুশি হয়েছিলেন, মার্শাল তাকে জিজ্ঞাসা করেছিলেন, 'মিস লুসি আমাকে বলেছিলেন আপনি অসুস্থ।' আদ্রিয়ানা উত্তর দিল, 'হ্যাঁ, আমার কিছু ঠান্ডা জ্বর ছিল এখন আমি ভালো আছি।' মার্শাল বললেন, 'এই নাও ফুল তোমার জন্য।' আদ্রিয়ানা সেই মুহুর্তে খুব খুশি হয়েছিল যখন মার্শাল তাকে ফুল দিয়েছিল সে সম্পূর্ণ বাকরুদ্ধ ছিল।' আদ্রিয়ানা বলল, 'আপনাকে অনেক ধন্যবাদ, সে বারবার একই কথা বলছিল, সে ফুল নিয়ে পালিয়ে গেল।

এটা ছিল তার জীবনের সবচেয়ে মূল্যবান মুহূর্ত, যা সে কখনো ভুলতে পারেনি। যখন সে চলে গেল তখন মার্শালও অবাক হয়ে গেল, সে ভাবছিল যে সে এত উত্তেজিত ছিল তার পরে সে ভেবেছিল 'আমি মনে করি সে আমাকে ভালোবাসে' কিন্তু সে বলেছিল যে 'এটা সম্ভব নয় যখন আমি এসে আদ্রিয়ানার সাথে কথা বলি আমার খুব লজ্জা লাগে। কারণ সে আমার চেয়ে লম্বা, সে খুব সুন্দর সে তার জীবনে অনেক ভালো বন্ধু পেতে পারে আমি তার একজন সত্যিকারের বন্ধু হব।"

এটা সোমবার ছিল, ছুটি শুরু হয়েছে, আজ মার্শাল তার নিজের শহরে ফিরে যাবে এবং সে সেখানে এক মাস থাকবে, সে তার বাবা-মায়ের সাথে দেখা

করতে, মায়ের সাথে বসে গসিপ করতে খুব উত্তেজিত ছিল। তিনি বিমানযোগে আগরতলা যাওয়ার জন্য বিমানবন্দরে যাচ্ছিলেন। তার ট্রেনের জন্য খুব দেরি হয়ে গিয়েছিল সে বিমানবন্দরে যাওয়ার জন্য রাস্তা দিয়ে দৌড়াচ্ছিল। সেই মুহূর্তে তিনি মিস লুসি এবং আদ্রিয়ানাকে বাজারে যাচ্ছেন দেখতে পেলেন, তারা তাকে দেখে ডাকলেন, মার্শাল তাদের দিকে এগিয়ে এল আদ্রিয়ানা তাকে বলল, আপনি বিমানবন্দরে যাচ্ছেন। মার্শাল বললেন, "হ্যাঁ"। মিস লুসি বললেন, 'আমার মনে হয় তুমি দেরি করেছ আমার গাড়িতে এসো আমি তোমাকে বিমানবন্দরে নামিয়ে দেব।' মার্শাল বললেন, 'ধন্যবাদ ম্যাডাম। মার্শাল এবং আদ্রিয়ানা দুজনেই মিস লুসির গাড়িতে ছিলেন। মার্শাল আদ্রিয়ানাকে জিজ্ঞাসা করলেন, 'তুমি তোমার মায়ের সাথে দেখা করতে তোমার বাড়িতে যাচ্ছ না। আদ্রিয়ানা বলল, 'না, সে সেখানে ভালো আছে গতকাল সে আমাকে ফোন করেছিল, সে আমাকে মিস লুসির সাথে এখানে থাকতে বলেছিল এবং তার জন্য চিন্তা না করে আমিও এখানে থাকতে চাই। মার্শাল বলেন, "আপনি ভারতকে কেন পছন্দ করেন। আদ্রিয়ানা উত্তর দিয়েছিলেন, 'হ্যাঁ, আমি ভারতকে ভালোবাসি বন্ধুরা এখানে পেয়েছি, আমি এখানে সত্যিই খুব খুশি, সবচেয়ে গুরুত্বপূর্ণ বিষয় হল আমি।" সে কথা বলা বন্ধ করে দিল। মার্শাল জিজ্ঞাসা করলেন, 'আপনি কিছু বলছিলেন। আদ্রিয়ানা বলেন, "আমি কী বলতে যাচ্ছি তা ভুলে গিয়েছিলাম। মিস লুসি গাড়ি চালাচ্ছিলেন এবং তাদের কথোপকথন শুনছিলেন। মার্শাল তাদের বললেন, 'আমি এয়ারপোর্টে পৌঁছে গেছি এখন আমাকে চলে যেতে হবে, গুড বাই ম্যাডাম, গুড বাই আদ্রিয়ানা। আদ্রিয়ানা বলল, 'খুব খুশির যাত্রা মার্শাল।' মিস লুসি বললেন, 'এক মাস পর দেখা হবে। মার্শাল বিমানবন্দরের কাছে গেলেন আদ্রিয়ানা তার সঙ্গে ছিলেন, বিমানবন্দরের গেটে প্রবেশ করার সময় আদ্রিয়ানা বললেন, 'আমি তোমাকে এক মাস মিস করব। " মার্শাল উত্তর দিলেন, "আমি কি আগরতলা থেকে তোমার জন্য কিছু আনতে পারি।"

আদ্রিয়ানা বললো, 'কিছু না কিন্তু তুমি আমাকে প্রতিশ্রুতি দাও যে একদিন তুমি আমাকে তোমার নিজ শহরে নিয়ে যাবে এবং তোমার বাবা-মাকে আমার সাথে পরিচয় করিয়ে দেবে।" মার্শাল জবাব দিল, 'আমি কথা দিচ্ছি, বিদায়।"

মার্শাল প্লেনে উঠল, আদ্রিয়ানা দাঁড়িয়ে ছিল, প্লেন টেক অফ কিন্তু সে শুধু প্লেনের দিকেই তাকিয়ে ছিল। মিস লুসি তার কাছে এসে তাকে বললেন, 'মার্শালের বিমান চলে গেছে কিন্তু তুমি এখানে দাঁড়িয়ে আছো চলো যাই।' আদ্রিয়ানা গাড়িতে উঠলেন, মিস লুসি তাকে বললেন, 'আমি জানি তুমি তাকে খুব মিস করছ, আদ্রিয়ানা নয়।' আদ্রিয়ানা উত্তর দিল, 'না'। মিস লুসি বললেন, 'আপনি আমাকে মিথ্যা বলতে পারবেন না, আমি আপনার চোখ পড়তে পারি।' আদ্রিয়ানা চুপ করে রইল। মিস লুসি বললেন, 'ওই সময় আপনি মার্শালকে কিছু বলছিলেন যখন তিনি গাড়িতে ছিলেন।' আদ্রিয়ানা উত্তর দিয়েছিলেন, 'আমার মনে নেই'। মিস লুসি বললেন, 'আমাকে লাইনগুলো বলি, আমি এখানে সত্যিই খুব খুশি। সবচেয়ে গুরুত্বপূর্ণ বিষয় হল যে আমি এবং তারপর আপনি থামলেন, এখন দয়া করে আমাকে বলুন আপনি তাকে কি বলছিলেন।' আদ্রিয়ানা অবাক হয়ে বললো, 'আমি ভুলে গেছি কিসের কথা বলছি।' মিস লুসি বললেন, 'আমি তোমাকে তোমার ছোটবেলা থেকেই চিনি, আমি তোমার মন পড়তে পারি তোমার মা এখানে নেই কিন্তু আমি এখানে তোমাকে আমার নিজের মনে করি। মেয়ে তুমি আমাকে তোমার অনুভূতি বলতে পারো।"

আদ্রিয়ানা বলেন, "আমি মার্শালকে বলতে যাচ্ছিলাম যে আমি একজন বন্ধুর চেয়েও বেশি কাউকে পেয়েছি এবং একজন সে, আমি তার সাথে আমার সারা জীবন কাটাতে চাই আমি তাকে ভালোবাসি আমি জানি না সে আমাকে ভালোবাসে কি না কিন্তু আমি সত্যিই তাকে ভালবাসি এবং আমি মরার আগ পর্যন্ত তাকে ভালবাসব।" মিস লুসি বললেন, "আজ আমি তোমাকে বলছি যে একদিন সে তোমার ভালবাসা বাদ দিয়ে আসবে এবং সে প্রথম হবে যে

তোমাকে বলবে যে সে তোমাকে ভালবাসে।" আদ্রিয়ানা বলল। , "এটা সম্পূর্ণ অসম্ভব, আজ আমি তাকে খুব মিস করছি আমার মনে হয় তার এবং আমার মধ্যে একটি দূরত্ব আছে।' মিস লুসি বললেন, 'আপনি এখন তাকে মিস করছেন কিন্তু আমি জানি সেও আপনাকে মিস করছে সেও একই জিনিস অনুভব করছে আপনি এখন তার জন্য যা অনুভব করছেন এবং আমি জানি একদিন তিনিই প্রথম ব্যক্তি হবেন যে আপনাকে বলবে আমি ভালোবাসি আদ্রিয়ানা' আপনি."

বিমানে তিনি তার ব্যাগটি বের করলেন, সেখানে একটি বই ছিল যা তিনি আদ্রিয়ানার কাছ থেকে কিনেছিলেন। সে বইটা বের করে বই পড়তে লাগল; বইটি প্রেম সম্পর্কে, একটি ট্র্যাজিক প্রেমের গল্প, বইটি পড়তে পড়তে ঘুম আসে। সে অনুভব করছে যে সে আদ্রিয়ানাকে খুব মিস করছে এটা তার জন্য প্রথমবার যে তার জন্য তার এমন অনুভূতি হচ্ছে সে স্বীকার করেছে যে সে তাকে ভালোবাসে; সে তার প্রেমে পড়েছে কিন্তু সে এটাও নিশ্চিত যে সে শুধুমাত্র তার একজন বন্ধু হবে, অন্যদিকে সে অনুভব করে যে সে তাকে বলতে চায় যে তার এবং তার মধ্যে অনেক দূরত্ব রয়েছে, যখন সে তার সাথে ছিল , তার এমন কোন অনুভূতি ছিল না কিন্তু এখন যখন সে তার সাথে নেই, তখন সে অনুভব করতে পারে তার এবং তার মধ্যে যে দূরত্ব, সে এই দূরত্বটি ভাঙার কথা ভাবছে, এটি এমন কিছু ছিল যে মার্শাল একটি ছেলে যে প্রেমে বিশ্বাস করে না প্রেমে পড়েছে

45 মিনিট পর ফ্লাইটটি আগরতলা বিমানবন্দরে অবতরণ করে। তার বাবা বিমানবন্দরে তার জন্য অপেক্ষা করছিলেন, মার্শাল বিমানবন্দর থেকে বেরিয়ে এসে তার বাবাকে প্রবেশদ্বার গেটে তার জন্য অপেক্ষা করতে দেখে সে তার বাবাকে ডাকল সে তার বাবাকে অনেকক্ষণ ধরে দেখে খুব খুশি হয়েছিল তার পরে তার বাবা তাকে নিয়ে গেলেন। তার বাড়ি.

বাড়িতে তার মা তার জন্য অধীর আগ্রহে অপেক্ষা করছিলেন, তিনি তার বাড়িতে প্রবেশ করার সাথে সাথে দেখলেন তার মা তার ছেলেকে তার বাড়িতে ফিরে দেখে খুব খুশি হয়েছেন তিনিও খুব খুশি হলেন, তার পরে তার কাকা এবং খালা যার নাম মিঃ রতন দেব। যাকে তিনি ফুটবল নিয়ে কথা বলতেন যে খেলাটি তিনি স্কুলে পড়ার সময় সবচেয়ে বেশি পছন্দ করতেন, তিনি ফুটবল খেলার দক্ষতাও শিখতেন। মার্শাল তার বাবা-মায়ের সাথে তার বিশ্ববিদ্যালয় সম্পর্কে কথা বলতে শুরু করেছিলেন, তার অধ্যাপকদের তিনি তাদের মিস লুসি সম্পর্কে বলেছিলেন একজন খুব সুন্দর শিক্ষক এবং একজন খুব ভাল বন্ধুও কিন্তু তিনি আদ্রিয়ানাকে বিদেশী একটি মেয়ে সম্পর্কে কিছু বলেননি যার সাথে সে প্রেমে পড়েছিল। তার মা তাকে জিজ্ঞাসা করলেন, 'তোমার কি কোন গার্লফ্রেন্ড আছে? মার্শাল বিরক্ত বোধ করলেন এবং তিনি উচ্চস্বরে উত্তর দিলেন, 'নাওওওও'। তার বাবা এই সব শুনে হাসছিলেন। তার পরে তার মা তাকে বললেন, 'ঠিক আছে, ঠিক আছে, আমি মজা করছিলাম' এবং তাকে ধমক দিতে লাগলো, কেন? আপনি এমনভাবে চিৎকার করছেন যে আপনার কণ্ঠস্বর আমাদের সমস্ত প্রতিবেশীরা শুনতে পাবে তারা আপনার সম্পর্কে কী ভাববে।'

যখন তার মা তাকে বকাঝকা করতেন তখন তিনি তাকে ভালোবাসতেন যা তিনি এত দিন কলকাতায় থাকতে খুব মিস করেন। তার পরে তার বাবা তার মাকে বললেন, 'এখন এমন চিৎকার করা বন্ধ করুন যে তিনি এখনই এসেছেন এবং আপনি তাকে বকাঝকা করতে শুরু করেছেন। তার বাবা তাকে বলেছিলেন, "এক মাস আগে তোমার স্কুলের এক বন্ধু আমাদের বাড়িতে এসেছিল বর্তমানে সে দক্ষিণ ভারতে পড়াশোনা করছে।" মার্শাল তার বাবাকে জিজ্ঞেস করলেন, 'তার নাম কি? তার বাবা বললেন, 'পলের মতো কিছু'। মার্শাল উত্তর দিয়েছিলেন, "হ্যাঁ, আমি জানি তার পুরো নাম পল লিঙ্গারলালা সংক্ষেপে আমরা তাকে পল লালা বলে ডাকতাম, সে আমার স্কুলের বন্ধু আমি তার সাথে দেখা করি যখন আমি 11 শ্রেণীতে ছিলাম দুই

বছর ধরে আমরা একসাথে ছিলাম সে আমার সবচেয়ে ভালো বন্ধু ছিল সে। স্কুল হোস্টেলে থাকতেন ভাই।" তার বাবা তাকে জিজ্ঞেস করলেন, 'ভাই মানে কি'। মার্শাল তার বাবাকে বললেন, 'আমাদের স্কুলে বাইরে থেকে কিছু ছাত্র আনত তারা ক্যাথলিক তারা ভবিষ্যতে পুরোহিত হবে, পল তাদের মধ্যে একজন যাকে তারা সবাই স্কুলের হোস্টেলে থাকতে ব্যবহার করে।"

তার বাবা উত্তর দিলেন, 'ঠিক আছে বুঝলাম, আগরতলা যাওয়ার সময় তোমার বন্ধু আমাকে চিঠি দিয়েছিল তোমাকে দেওয়ার জন্য সে ১৫ দিন এই জায়গায় ছিল সে তোমার সাথে দেখা করতে এসেছিল কিন্তু তুমি এখানে ছিলে না সে স্কুলের হোস্টেলে থাকত। এখানে চিঠি।"
মার্শাল চিঠিটা হাতে নিয়ে পড়তে শুরু করল;

*প্রিয় মার্শাল,*

*আমি আশা করি আপনি ভাল আছেন মার্শাল. আমি তোমার বাড়িতে এসেছি তুমি এখানে উপস্থিত ছিলে না; শুনেছি আপনি কলকাতা বিশ্ববিদ্যালয়ে সমাজবিজ্ঞানে স্নাতকোত্তর করছেন। আমি এখন দক্ষিণ ভারতে আমার স্নাতকোত্তর ডিগ্রি অ্যান্থনি, লরেন্স এবং টমাস করছি। ফার্নান্দো আমরা সবাই একসাথে, লরেন্স, অ্যান্টনি, থমাস, ফার্নান্দো আমরা প্রত্যেকে আপনাকে খুব মিস করি। আমরা সবসময় আমাদের স্কুলের দিনগুলি মনে রাখি, আমরা কী মজা করেছি আপনার মনে আছে আমরা আর্ম রেসলিং ম্যাচ খেলতাম যখন আমরা অফ পিরিয়ড পেতাম, আপনি আমাকে ছাড়া সবাইকে হারাতেন। গত মাসে যখন আমি আগরতলায় আসি তখন আমি অন্য ছাত্রদের সাথে স্কুলের হোস্টেলে থাকতাম, আমার মনে হয় আপনি এখনও আপনার স্কুলে যাননি। আমি যখন আমাদের স্কুলের ব্যায়ামাগারে যেতাম তখন মনে পড়ে আমি তোমাকে ব্যায়াম শেখাতাম, আমি এখনও আমাদের স্কুলের জিমনেশিয়ামে তোমার অনুপস্থিতি অনুভব করতে পারি, তোমার কি মনে আছে আমাদের*

*সমাজবিজ্ঞানের শিক্ষিকা মিস মঞ্জুলার কথা তিনি যখনই তোমাকে স্কুলে নিয়মিত আসতে বলতেন, কিন্তু আপনি নিয়মিত ছিলেন না।*

*আমি সবসময় ফুটবল ম্যাচের কথা মনে রাখি, আমার মনে আছে আমাদের ইন্টার স্কুল টুর্নামেন্ট যেখানে আমি আপনার টিউনিং পাস থেকে 3 গোল করেছি আপনি খুব ভাল মিডফিল্ডার ছিলেন। যখন একটি ইন্টার হাউস টুর্নামেন্ট ছিল আমি হলুদ হাউসে ছিলাম এবং আপনি নীল বাড়িতে ছিলেন আপনার বাড়ির সেই ম্যাচে যেখানে আপনি 3 গোল করেছিলেন এবং 2 গোল করেছিলেন লরেন্সের স্কোর ছিল 5-2, আমার মনে আছে আপনি যেখান থেকে ফ্রি কিকটি করেছিলেন আপনার 3 গোল করেছেন, আপনার ফ্রি কিক সত্যিই চমৎকার ছিল। আপনি যখন আপনার 3য় গোলটি করেছিলেন তখন আপনি আপনার জার্সি খুলে ফেলেছিলেন আপনার বিশাল শরীর দেখানোর জন্য এটি সত্যিই খুব মজার ছিল।*

*আজকাল আমি খুব কষ্ট করে পড়াশোনা করছি কারণ আমি যদি ভালো পারফর্ম করতে পারি তাহলে আমাদের কলেজের কর্মকর্তারা আমাদেরকে উচ্চশিক্ষার জন্য বিদেশে পাঠাবেন লরেন্স এবং আপনার সব বন্ধুরা উচ্চশিক্ষার জন্য বিদেশে যাওয়ার জন্য নির্বাচিত হয়েছে এখন আমি নিজেকে প্রমাণ করার সুযোগ পেয়েছি যে আমি জানি যে আমাদের পরিবারকে ছেড়ে যেতে হবে এবং আমাদের জীবনকে সান্ত্বনা দেয় এমন অন্যান্য সমস্ত জিনিস ত্যাগ করতে হবে কারণ ওয়ার্ডের পরে আমরা সবাই পুরোহিত হয়ে উঠব। এইসব বলছি এখন আমি এখানেই থামলাম, দয়া করে খেয়াল রাখবেন।*

*আপনার সেরা বন্ধু*
*পল লালা*

মার্শাল যখন চিঠিটি পড়ছিলেন তখন তিনি তার স্কুলের দিনগুলিতে ফিরে যাচ্ছিলেন তার বন্ধুরা, তার শিক্ষক তার প্রেম নাথালি জোনস, তার স্কুল ছেড়ে 6 বছর কেটে গেছে কিন্তু মনে হচ্ছে কিছুই বদলায়নি, তার স্কুল জীবন শেষ করার পরে সে কখনই তার স্কুলে যায়নি তার ক্লাস রুম দেখতে তার পুরানো শিক্ষকদের সাথে দেখা করুন যেখানে তিনি পড়াশোনা করেছেন। যখন তিনি তার নিজ শহরের কলেজে স্নাতক ডিগ্রি করছিলেন তখন তিনি তার স্কুলে একটি ক্রিকেট ম্যাচের আয়োজন করেছিলেন এটি প্রাক্তন ছাত্র এবং বর্তমান শিক্ষার্থীদের মধ্যে ম্যাচ ছিল কিন্তু যখন খেলার সময় আসে তখন তিনি সেখানে খেলতে চাননি এর পিছনে কারণটি হল যে এই স্কুলে সে 17 বছর পড়েছিল সে 3 বছর হারিয়েছে এবং বাসে বা ক্লাসে তাকে ঠাট্টা করার জন্য শরীরের প্রতিটি ব্যবহার হারিয়েছে যখন সে 11 শ্রেণীতে উন্নীত হয়েছিল এই সমস্ত কিছু শেষ হয়ে গেছে তার ভাল বন্ধু হয়েছে এবং তারা হল ভাইয়েরা তার অতীত স্মৃতির জন্য সে স্কুলে যেতে চায়নি।

মার্শাল বসে বসে টেলিভিশন দেখছিলেন, এটি একটি রঙিন টেলিভিশন যা তার দাদা 1985 সালে এনেছিলেন যখন তার বাবা একটু ছোট ছিলেন। রাত ছিল এবং প্রায় 9 টা বেজে গেছে, মার্শাল টেলিভিশন দেখে বিরক্ত হয়ে যাচ্ছিল তার মা রান্না করছিলেন এবং তার বাবা কিছু অফিসিয়াল কাজ করছিলেন। সে তার করিডোরে গিয়ে আকাশ দেখছিল

মেঘলা দিন ছিল যেন বৃষ্টি আসবে, কিছুক্ষণ পরই শুরু হলো বৃষ্টি। তার মনে হচ্ছে আজ রাতে বৃষ্টি তাকে কিছু বলতে চায় এবং কিছু আদ্রিয়ানা সম্পর্কে যখন সে তার সাথে ছিল সে তাকে নিয়ে মাথা ঘামাতে চায় না কিন্তু এখন যখন সে তার সাথে উপস্থিত নেই, সে সত্যিই তাকে মিস করছিল, সে সব সময় তার কথা ভাবছে সে এখন কি করছে, কেমন আছে। তার মনে হয় তার এবং তার মধ্যে অনেক দূরত্ব রয়েছে, এটি স্থানের দূরত্ব নয় বরং দৃষ্টির দূরত্ব ছিল সে তাকে ভালবাসে কিন্তু সে তাকে বলতে পারে না যে সে নিজেকে বলছে এই সমস্ত দূরত্ব ভেঙে যাক।

অন্যদিকে কলকাতায়, আদ্রিয়ানা মিস লুসির বাড়ির করিডোরে বসে মার্শালের কথা ভাবছিল, সেও তাকে খুব মিস করছে যখন মার্শাল তার সাথে ছিল তখন সে তার যত্ন নিত কিন্তু মার্শাল মাঝে মাঝে তার সাথে কথা বলত এবং মাঝে মাঝে করবেন না, মিস লুসি আদ্রিয়ানাকে জিজ্ঞেস করলেন, "তুমি মার্শালের কথা ভাবছ। আদ্রিয়ানা বলল, 'না,' নিচু স্বরে। মিস লুসি বলেছিলেন, "অ্যাড্রিয়ানা তুমি একটা জিনিস জানো, এই পৃথিবীতে অনেক মানুষ আছে যারা মিথ্যা বলার চেষ্টা করে কিন্তু তারা তা করতে পারে না কারণ মানুষ তাদের চোখে সত্য দেখতে পায় এবং তুমি তাদের একজন।"

আদ্রিয়ানা উত্তর দিল, 'হ্যাঁ, তুমি ঠিকই বলেছ আমি মার্শালের কথা ভাবছিলাম আমি তাকে খুব মিস করছি।" মিস লুসি উত্তর দিয়েছিলেন, "আমি জানি যে আদ্রিয়ানা বলেছিলেন, "তার এবং আমার মধ্যে অনেক দূরত্ব রয়েছে আমি প্রেমে পড়েছি। আমি যখন তার সাথে প্রথম দেখা করি, আমি তাকে খুব ভালবাসি কিন্তু আমি বলতে চাই না, আমার ভয় হয় যদি সে আমাকে ছেড়ে চলে যায় তবে আমার মনে হয় আপনি যদি কাউকে ভালোবাসেন তার মানে এই নয় যে আপনি তার কাছ থেকে ভালবাসা পাবেন তুমি যাকে ভালোবাসো আমি তাকে ভালোবাসি এর মানে এই নয় যে মার্শাল আমাকে ভালোবাসবে। আমি সবসময় তাকে ভালোবাসবো, আমি জানি না সে আমাকে ভালোবাসবে কি না কিন্তু আমি মরার আগ পর্যন্ত তাকে ভালোবাসবো।"

তার কথা শুনে মিস লুসি উত্তর দিলেন, "আমার জীবনে আমি বিভিন্ন ধাপ অতিক্রম করেছি, বিভিন্ন মানুষের সাথে দেখা করেছি, আমি আপনাকে আপনার ছোটবেলা থেকেই চিনি কিন্তু আমি জানতাম না যে এত কম বয়সী একটি মেয়ে অন্যের মধ্যে ভালবাসার অর্থ প্রকাশ করেছে। উপায়, অনেকে মনে করে যে ভালবাসা শুধুমাত্র একটি অনুভূতি কিন্তু আজ আমি জানলাম যে এটি একটি ত্যাগের চেয়েও বেশি কিছু যে সে তোমাকে ভালোবাসে।"

শুক্রবার সকালে, মার্শাল তাড়াতাড়ি ঘুম থেকে উঠে তার বাবার সাথে একজন ডেন্টিস্টের কাছে যাওয়ার জন্য রেডি হলেন, অনেকদিন ধরেই তার দাঁতে ব্যথা হচ্ছিল, সে যখন ডেন্টিস্টের কাছে গেল তখন ডেন্টিস্ট তাকে দাঁত বের করতে বলেছিল এবং আজ সে পেল। তার বাবার কাছ থেকে একটি সুন্দর তিরস্কার পাওয়ার পর এটি করার সময়। সে ক্লিনিকে গিয়ে ডাক্তার তাকে জিজ্ঞেস করল, 'কেমন আছো?'

মার্শাল উত্তর দিলেন, ''আমি ভালো আছি চাচা, তার বাবা তার সাথে ছিলেন এবং তারা ডাক্তারের সাথে কথা বলছিলেন যে ডাক্তার মার্শালকে তার ইউনিভার্সিটি সম্পর্কে জিজ্ঞাসা করছিলেন। কয়েক মিনিট পরে ডাক্তার তার চোয়াল থেকে তার ব্যথাযুক্ত দাঁত বের করেন, এক বছরের জন্য দাঁত তাকে অনেক সমস্যার সৃষ্টি করছিল অবশেষে সে কিছুটা স্বস্তি পেয়েছে।

## বারো

তার ছুটি শেষ হতে আর মাত্র ৫ দিন বাকি। তিনি তার পুরানো স্কুল শিক্ষকের বাড়িতে যাওয়ার পরিকল্পনা করেছিলেন যার নাম ছিল মিস মঞ্জুলা তিনি তার সমাজবিজ্ঞানের শিক্ষিকা ছিলেন যিনি 12 শ্রেণীতে স্কুলে পড়ার সময় তাকে সমাজবিজ্ঞান পড়াতেন। তিনি তার বাড়িতে টিউশন দিতে আসতেন। মার্শাল শুনেছেন যে 2 দিন পর তিনি আগরতলা ছেড়ে চলে যাচ্ছেন এবং তার স্বামী চিরকালের জন্য লখনউতে (উত্তরপ্রদেশ) তার নিজের শহরে ফিরে যাবেন এবং সেই কারণেই তিনি এবং তার নিজের শহরে ফিরে যেতে চেয়েছিলেন। স্বামী ৫ বছর ধরে আগরতলায় থাকেন। প্রথমবার যখন মার্শাল তার সাথে দেখা করে তখন সে 11 শ্রেণীতে ছিল প্রথমে সে তার মুখ দেখতে পছন্দ করত না সে তাকে ভন্ড হিসাবে বিবেচনা করত, কিন্তু পরে যখন সে 12 শ্রেণীতে উন্নীত হয় তখন সে জানতে পারে সে খুব সুন্দর মানুষ। .

এটা ছিল শুক্রবারের সকাল, এই দিনটি মার্শালের মিস মঞ্জুলাসের বাড়িতে যাওয়ার দিন। পরের সপ্তাহে সোমবার তাকে আগরতলা ত্যাগ করতে হবে এবং কলকাতা বিশ্ববিদ্যালয়ে ফিরে যেতে হবে আজ তার জন্য তার পুরানো স্কুল শিক্ষকের সাথে দেখা করার একমাত্র সুযোগ ছিল কারণ তিনি আগামীকাল চিরতরে চলে যাচ্ছেন।

সে মিস মঞ্জুলাসের বাড়ির পথে হাঁটছিল, রাস্তা দিয়ে হাঁটছিল সে শুধু আদ্রিয়ানার কথা ভাবছিল সে তাকে খুব মিস করছিল সকাল 7টায় সে মিস মঞ্জুলাসের বাড়ি দেখতে সকাল 6টায় ঘুম থেকে উঠেছিল। সে ভাবছিল আদ্রিয়ানা এখন কি করছে সেও নিজেকে বলছিল, 'পরের বার যখন আমি আমার শহরে আসব তখন আমি আদ্রিয়ানাকে আমার সাথে নিয়ে আসব সে আমার বাবা-মায়ের সাথে দেখা করতে চায়।" সে মিস মঞ্জুলার বাড়িতে এসে

রিং বাজছিল। দরজার বেল কয়েক মিনিট পর একজন বৃদ্ধ দরজা খুললেন যে বৃদ্ধ লোকটি তার স্বামী। মার্শাল তাকে জিজ্ঞাসা করলেন, 'আমি কি মিস মঞ্জুলার সাথে দেখা করতে পারি'। বৃদ্ধ উত্তর দিলেন, 'ভিতরে আসুন।' মার্শাল ঘরে ঢুকে দেখলেন মিস মঞ্জুলাকে 6 বছর পর দেখেন যে তিনি খুব বুড়ো হয়ে গেছেন এমন নয় যে তিনি যখন তাকে স্কুলে পড়াতেন তখন তিনি দেখলেন তিনি একটি চেয়ারে বসে গ্রামোফোনে দুঃখজনক রোমান্টিক গান শুনছেন, মার্শাল বললেন তাকে, 'মিস, তুমি কেমন আছো।"? মিস মঞ্জুলা আলতো করে চোখ খুললেন তিনি সেই সময় গান শুনতে শুনতে ঘুমাচ্ছিলেন। যখন সে তাকে দেখেছিল তখন সে বিশ্বাস করতে পারে না যে সে তার পুরোনো ছাত্রের দিকে তাকাচ্ছে যাকে সে স্কুলে পড়ার সময় পড়াতেন। সে তার পুরানো ছাত্রকে দেখে খুব উত্তেজিত ছিল। তিনি তাকে জিজ্ঞেস করলেন, 'মার্শাল কেমন আছেন ছেলে? তোমাকে দেখতে অনেক দিন হলো; আপনি জানেন যে আগামীকাল আমি এবং আপনার মামা চিরতরে চলে যাচ্ছি।" মার্শাল উত্তর দিলেন, 'আমি জানি যে আমি আপনাকে সত্যিই খুব মিস করছি আমি সোমবারও চলে যাচ্ছি আমার ছুটি এখনও শেষ হয়েছে আমাকে কলকাতায় ফিরে যেতে হবে।" মিস মঞ্জুলা তাকে বলছেন, "জানেন ছেলে যখন আমি তোমাকে ক্লাসে পড়াতাম তখন তুমি স্কুলে খুব অনিয়মিত ছিলে আমি সবসময় তোমাকে স্কুলে নিয়মিত আসতে বলতাম কিন্তু প্রতি সপ্তাহে তুমি অনুপস্থিত থাকো।"

তারা দুজনেই কথা বলছিল এবং খুব ভালো সময় কাটাচ্ছিল। মিস মঞ্জুলা তাকে জিজ্ঞেস করলেন, 'আপনি আপনার বিশ্ববিদ্যালয় পছন্দ করেন।' মার্শাল উত্তর দিলেন, "হ্যাঁ, সেখানে আমার অনেক বন্ধু আছে'। মিস মঞ্জুলা জিজ্ঞেস করলেন, 'আপনার কি বিশেষ কোনো বন্ধু আছে?" মার্শাল উত্তর দিলেন, "কেউ না।' মিস মঞ্জুলা বললেন, 'আমি আপনার চোখ থেকে পড়তে পারি মনে হয় আপনি কারো প্রেমে পড়েছেন। মার্শাল জবাব দিল, 'তুমি সম্পূর্ণ ভুল ভাবছ, আমার সাথে এমন কিছু হয়নি।' মিস মঞ্জুলা তাকে জিজ্ঞেস করলেন,

'ওই মেয়েটির নাম কী। মার্শাল বললেন, 'অ্যাড্রিয়ানা, আমি সেটা বলছি না। মিস রণ জানা বিস্মিত হলেন, তিনি বললেন, 'আমি জানতাম যে ছেলে তুমি প্রেমে পড়েছ তুমি এটা আমার কাছ থেকে এমনকি কারো কাছ থেকেও লুকাতে পারবে না।" মার্শাল বললেন, 'আপনি জানেন মিস যখন আমি তার সাথে ছিলাম তখন আমার এমন কিছু ছিল না। অনুভূতি কিন্তু এখন আমি সত্যিই তাকে মিস করি, আমিও জানি না সে আমাকে ভালোবাসে কি না, তবে আমি যা জানি আমি তাকে ভালবাসি এবং আমি তাকে সবসময় ভালবাসব, বর্তমানে সে আমার সাথে নেই তবে আমি কেন ভাবছি যখন আমি বাগানে বা অন্য কোথাও আদর্শভাবে বসে থাকি তখন আমি সর্বত্র তার উপস্থিতি অনুভব করতে পারি কারণ সে আমার সাথে নেই।" মিস মঞ্জুলা উত্তর দিয়েছিলেন, 'এটা কারণ আপনি তাকে ভালোবাসেন এবং আমিও জানি যে সেও আপনাকে ভালোবাসে।

মার্শাল বললেন, 'মিস আমার মনে হয় আমার এখন চলে যাওয়া উচিত, খুব শীঘ্রই বৃষ্টি হতে পারে যখন আপনি আপনার বাড়িতে যাবেন আপনি আমাকে চিঠি পাঠাবেন।' মিস মঞ্জুলা উত্তর দিয়েছিলেন, 'আপনিও আমাকে 10 বছর পর আদ্রিয়ানার সাথে আপনার বিয়ের চিঠি পাঠাবেন। " মার্শাল তার শিক্ষকের কাছ থেকে এই কথা শুনে খুব লজ্জা বোধ করছিল।মিস মঞ্জুলা বললেন, 'আমি সত্যিই তোমাকে খুব মিস করব ছেলে মাঝে মাঝে যখন আমি আদর্শে বসে তোমার এবং তোমার বন্ধুদের স্কুলের ছবি দেখতাম, তুমি সবাই স্কুল থেকে পাশ করেছ, 4 বছর পেরিয়ে গেছে কিন্তু আপনারা সবাই আমাকে মনে রেখেছেন আপনারা জানেন পল লালা আমার সাথে দেখা করতে গত মাসে আমার বাড়িতে এসেছিলেন। মার্শাল উত্তর দিলেন, 'মিস কিভাবে আমরা তোমাকে ভুলে যেতে পারি; আপনি আমাদের কাছে খুব স্পেশাল।" মিস মঞ্জুলা উত্তর দিয়েছিলেন, "আমি আপনাকে আশীর্বাদ করি মার্শাল একদিন আপনি একজন অনেক বড় এবং একজন বিশিষ্ট ব্যক্তি হয়ে উঠবেন একদিন আপনি আপনার পিতামাতাকে আপনার জন্য গর্বিত করবেন যাকে আপনি সবসময় আপনার জীবনে চেয়েছিলেন এবং আমি জানি যে আদ্রিয়ানা খুব

ভাগ্যবান মেয়ে হবে।" মার্শাল বললেন, 'মিস আমার চলে যাওয়া উচিত, বৃষ্টি প্রায় আসতে চলেছে, গুড বাই মিস।" মিস মঞ্জুলা উত্তর দিলেন, "গুড বাই মার্শাল আমি আপনাকে মিস করব তবে আমি আপনাকে প্রতি মাসে একটি চিঠি পাঠাব, বিদায়।"

মার্শাল তার বাসা থেকে বেরিয়ে এলো এবং সে তার বাড়িতে যাচ্ছিল। সে তার ঘরে ঢুকে তার মা তাকে জিজ্ঞেস করল, 'তুমি তোমার শিক্ষকের বাড়িতে গিয়েছ। মার্শাল বললেন, 'হ্যাঁ, "আমি মিস মঞ্জুলার বাড়িতে গিয়েছি।" তার মা বললেন, "সে কেমন আছে?" মার্শাল বললেন, 'সে ভালো আছে, আগামীকাল চিরতরে চলে যাচ্ছে।' তার মা বললেন, 'তার স্বামী অবসরপ্রাপ্ত।" মার্শাল বললেন, 'হ্যাঁ, কিন্তু সে অবসর নেয়নি সে তার চাকরি ছেড়ে দিয়েছে। তার মা জিজ্ঞেস করলেন, "কেন?" "কারণ সে অনুভব করেছিল যে সে বেশ বৃদ্ধ হয়ে গেছে এবং বেশিরভাগ সময় সে অসুস্থ থাকে আমি তাকে দেখেছিলাম যখন আমি তার বাড়িতে গিয়েছিলাম যে সে ধ্যান করছে এবং গ্রামোফোনে দুঃখের গান শুনছে। সে আমাকে দেখে খুব উত্তেজিত ছিল কিন্তু সে সেই ভদ্রমহিলা ছিলেন না, যিনি স্কুলে থাকতেন যখন তিনি আমাদের স্কুলে পড়াতেন তখন মনে হয় সবকিছু বদলে গেছে।" মার্শাল বললেন, তার মা উত্তর দিয়েছিলেন, "এই পৃথিবীতে সবকিছুই সময়ে সময়ে পরিবর্তিত হয়, এই পৃথিবী একটি নিত্য-পরিবর্তনশীল প্রতিটি মুহূর্তের নিজস্ব প্রভাব রয়েছে প্রতিটি মুহূর্ত নিজের খেলা খেলে এটাই এই নির্মম সময়ের নিয়ম"

মার্শালের মনে আছে তাকে তার স্কুলের এক বন্ধুর সাথে দেখা করতে হবে, তার মা এবং তার বাবা তাকে যাওয়ার আগে তাকে বলেছিলেন যে তার রিচার্ড নামে তার এক বন্ধুর সাথে দেখা করতে হবে, সে তার স্কুলের বন্ধু ছিল তারা দুজনেই তাদের ইংরেজিতে তাদের টিউশনের জন্য একসাথে যেত। শিক্ষক জীবন পরিবর্তিত হয়েছে, প্রতিটি এবং যা আগে ছিল সবকিছু

পরিবর্তিত হয়েছে, যখন তিনি তার হোম টাউন কলেজে স্নাতক ডিগ্রী করছিলেন তখন তিনি দেখেছিলেন যে জীবন বদলে যাচ্ছে, তিনি স্কুলে থাকাকালীন যা পেয়েছিলেন তা নয়।

রাতে মার্শাল তার বিছানায় শুয়ে ছিলেন তখন রাত ১০টা। সে বিছানায় শুয়ে ছিল এমন সময় খুব ঘুম পেয়েছে, বাইরে বৃষ্টি হচ্ছে।

মার্শাল খুব ঘুমাচ্ছিল। সে চোখ বন্ধ করে, সেই মুহূর্তে কিছু অভ্যন্তরীণ বিস্তৃতি ছিল, তার অতীতের দিনগুলির একটি অনুভূতি তার মনে আসছে, দিনগুলি প্রধানত তার স্কুলের সাথে বিবেচনা করা হয়েছিল। তিনি ঘুমাচ্ছিলেন, এবং তার ঘুমের মধ্যে তিনি তার শেষ স্কুলের দিনগুলি তার বন্ধুদের, তার শিক্ষকদের এবং নাথালি জোনসের কথা ভাবছিলেন।
সে নিজেকে বলছিল, তার ভেতরের অনুভূতি তার মনে আঘাত করছে;

*"আমরা এখন এখানে বাস করি, আমাদের আগে সবকিছুই অতীত ছিল, বেশিরভাগই ভুলে যাওয়া এবং অ্যাক্সেসযোগ্য স্মৃতির বিকৃত স্লিভারের একটি ছোট অবশিষ্টাংশ হিসাবে যা এঁপিসোডিক আকস্মিকতায় আলোকিত হয় এবং আবার মারা যায়। এভাবেই আমরা নিজেদের সম্পর্কে ভাবতাম। এবং এটি হল চিন্তা করার একমাত্র উপায়।*

*কিন্তু আমাদের ভেতরের দৃষ্টিভঙ্গি একেবারেই আলাদা। আমরা সকলেই বর্তমানে বাস করতে চাই না যেখানে দুঃখ এবং বেদনা পূর্ণ, তবে আমাদেরকে অতীতে প্রসারিত করতে চাই যেখানে আমরা শান্তি এবং সুখ পেয়েছি। এটি কেবলমাত্র আমাদের অনুভূতির মাধ্যমে আসে, বিশেষ করে গভীরভাবে যখন আমরা কে এবং কীভাবে আমাদের হতে হবে তা নির্ধারণ করে। এই জিনিসগুলি যে আমরা স্বীকার করেছি, আমার মনে হয় আমি এখন একজন স্কুলের ছেলে, যেটা আমি আমার স্কুলে ছিলাম। স্কুল বাসে আমার*

চোখ ন্যাথালি জোনসের দিকে তাকায়, প্রতিবারই আমি তার দিকে তাকাতাম এই ভেবে যে সে আমাকে ভালবাসে। আমার হৃদস্পন্দন, যখন মিস ডিসউজ আমার অর্থনীতির শিক্ষক, আমার ক্লাস রুমে প্রবেশ করলেন। মা যখন আমার পড়ালেখার জন্য প্রতিবার আমাকে বকাঝকা করতেন, যখন তিনি আমাকে বাঁশ দিয়ে আঘাত করতেন। স্কুলে প্রেমিক-প্রেমিকাদের বসে একে অপরের সাথে গল্প করতে দেখতাম, কিন্তু আমাদের প্রিন্সিপ্যাল তা পছন্দ করতেন না কিন্তু আমি পছন্দ করতাম। অধীর আগ্রহে ছুটির ঘন্টা বাজবে, ফুটবল খেলার অপেক্ষায়। জুনিয়র ক্লাসের মেয়েরা যখন আমার দিকে সুন্দর দৃষ্টিতে তাকাতো তখন আমার দম বন্ধ হয়ে যায়। মাঝে মাঝে চলে যেতাম আমার বিগত দিনে বাস্তবে নয় কল্পনায় আজও আছি সময়ের দূরবর্তী স্থানে। আমি এটা ছেড়ে যায়নি. আমি এখনও সেখানে আছি জীবন অতীত থেকে বর্তমান পর্যন্ত প্রসারিত হয়েছে, এটি বর্তমান, এবং এটি অতীত ছিল। আমি সেই ছেলেটি যে 12 শ্রেণীতে পড়তাম এবং সর্বদা ক্লাসের জানালার বাইরে তাকাতাম, ন্যাথালি জোনসকে 6 ক্লাসের একটি মেয়ে দেখতে, সে তার ক্লাসের জানালার পাশে বসে থাকত, ফাইনাল শোনার জন্য খুব আগ্রহী। স্কুলের বেল বাজে যখন ক্লাস শেষ হয়ে বাসে ওঠার জন্য এবং ন্যাথালি জোনসের পিছনের সিটে যা সে পছন্দ করত না, কিন্তু এটা আমার দোষ ছিল না আমি তার পোশাক থেকে আসা সাবানের তাজা গন্ধে আসক্ত ছিলাম এবং সবসময় দেখতে থাকতাম। তার বাদামী হাঁটু মধ্যে.

প্রতিবারই মিস মঞ্জুলা এবং অন্যান্য শিক্ষকরা আমাকে স্কুলে নিয়মিত আসতে বলতেন কারণ আমি অনিয়মিত ছিলাম। আমি এখনও স্কুলের সিঁড়িতে সেই নিষ্পাপ ছেলেটি। এটা একেবারেই অপ্রাসঙ্গিক সত্যিই একটি মিথ্যা যে আমি সাদা শার্ট এবং শক্তিশালী ডেস্কের পিছনে একটি হলুদ টাই পড়ে বসে পরামর্শ দিই।

দিনে দশবার আমি ক্লাস শুরুর ঘোষণা করে টাওয়ারের ঘন্টার ঝিঁঝিঁ শব্দ শুনেছি এবং সন্ন্যাসীদের প্রার্থনার জন্য ডাকা হয়েছে, এবং 11999 বার আমি আমার অনুভূতির ব্যথা অনুভব করার জন্য আমার চোয়াল দাঁতে পিষে দিতাম। এবং আমার নিজের কল্পনা অনুসরণ করে আমার স্কুলের অন্ধকার ভবনে ফিরে গেলাম, যেখানে আমি আমার ঠোঁট থেকে লবণ চাটব। আমি জানি না যে আমাকে স্কুলে বেড়াতে যেতে বাধ্য করে তা হল নাথালি জোনসের জন্য বা তার পোশাক থেকে আসা সাবানের তাজা গন্ধ বা আমি আবার বাদামী হাঁটু দেখার জন্য অস্তিত্ব পেয়েছি, বা এটি একটি স্বপ্ন। আমি যেখান থেকে অতীতে এসেছি সেখান থেকে ফিরে যাও, হয়তো বর্তমানের চেয়ে এখন কিছুটা ভালো ছিল না। যখন আমরা অনন্য গন্ধ পাই, আমরা কেবল দূরবর্তী স্থানেই আসি না, তবে আমরা আমাদের ভিতরের দূরত্বে আসি, কখনও কখনও এটি আমাদের কাছে অন্ধকার এবং অদৃশ্য মনে হয়।

এটা ছিল না কিন্তু সব অতীতের পর্ব আমার মনে ঝলকানি. কিন্তু তা না হলে কেন একটা জাদুকরী মুহূর্ত হবে, নীরব নাটকের একটা মুহূর্ত যখন ট্রেনটা একটা ঝাঁকুনি দিয়ে চূড়ান্ত থামে। আমরা এমন একটি জীবনকে বাধাগ্রস্ত করেছি যা আমরা বেঁচে থাকি এবং যখন আমরা মারা যাই তখন এটি একটি চলন্ত ট্রেনের মতো যা গন্তব্যে পৌঁছায় এবং পরে এটি আমাদের জীবন ছেড়ে চলে যায় যা আমরা তার সমস্ত প্রতিশ্রুতি নিয়ে বেঁচে থাকি।

পেছনে ফেলে আসা সময় মাঝে মাঝে মনে আসে। আমরা যখন একটি জায়গা ছেড়ে চলে যাই তখন আমরা নিজেদের কিছু রেখে যাই; আমরা আমাদের চিহ্ন পিছনে রেখে একটি জায়গা ছেড়ে. এবং এমন কিছু জিনিস আছে যা আমরা সেখানে গিয়েই খুঁজে পেতে পারি, তা হল আমার মা আমাকে সবসময় কঠোর পড়াশোনা করতে বলেন যাতে আমি একজন শিক্ষিত মানুষ হতে পারি, তিনি আমাকে বলতেন জ্ঞানই শক্তি, এটি একটি শক্তি। নিজেকে গড়ে তুলতে যা আপনাকে সমর্থন এবং শক্তি দেয়। আমরা নিজেদের মধ্য দিয়ে যাই, নিজেদের মধ্য দিয়েই ভ্রমণ করি, যখন চাকার

*একঘেয়ে ধাক্কা আমাদের জীবনে ফিরে আসে যেখান থেকে আমরা আমাদের জীবনকে ঢেকে রেখেছিলাম তা মূলত অতীতের। একটি জীবন যেখানে মানুষ আসে এবং যায়, যেখানে একজন ব্যক্তি বিভিন্ন ক্রিয়াকলাপে নিযুক্ত থাকে। কখনও কখনও একজন ব্যক্তি, ব্যক্তির অভ্যন্তরীণ আচরণ সনাক্ত করা খুব কঠিন, তবে কখনও কখনও কিছু কথা বা কাজের মাধ্যমে আমরা একটি ন্যায্য ধারণা পেতে পারি।*

*কেন কিছু সময় আমরা নিজেদের সম্পর্কে এত উত্তেজিত হয়ে উঠি। যখন, স্কুলে, আমাদের ফলাফলের সময় ঘনিয়ে আসে, তখন আমরা ভয় এবং উত্তেজনাও অনুভব করি। যখন একজন ব্যক্তি ব্যর্থ হয়, কখনও কখনও আমরা তাদের পিতামাতার কান্না এবং চিৎকার শুনতে পাই, তবে এর অর্থ এই নয় যে সে তার সারা জীবনে ব্যর্থ হয়েছে। যখন একটি ট্রেনে, একজন কন্ডাক্টর জায়গাগুলির নাম বলে বা একটি ফুটবল পালঙ্ক বাছাই করা খেলোয়াড়দের নাম বলে তখন আমরা সবাই উত্তেজিত হয়ে যাই। যে ব্যক্তি তার ছেলে বা মেয়ের জন্য চিন্তিত যারা সবাই গভীর রাতের পার্টিতে বা বারে ব্যস্ত, সেই ব্যক্তির পক্ষে চোখ বন্ধ করা, ঘুমাতে যাওয়া খুব কঠিন এবং কখনও কখনও ঘুমের ওষুধও তাদের সাহায্য করতে পারে না। , এটা কি, আমরা জীবন মানে, এটি নাটকের একটি মঞ্চ ছাড়া আর কিছুই নয় যেখানে আমরা বেশ কয়েকটি ভূমিকা পালন করি, তবে আমাদের ভাগ্যের জন্য আমাদের বেঁচে থাকতে হবে।*

পরের দিন সকালে মার্শাল খুব ভোরে ঘুম থেকে উঠেন এবং তার হাইপারটেনশনের ওষুধ খেয়েছিলেন যা গত 2 বছর ধরে তিনি এই ওষুধটি খাচ্ছেন। এটা শনিবার ছিল, এবং সোমবার তাকে তার বাড়ি ছেড়ে যেতে হবে, তার ছুটি শেষ। তার মনে আছে তার এক বন্ধু রিচার্ডের সাথে দেখা করার কথা, মার্শালের বাবা-মা তার বাড়িতে বেড়াতে যেতেন। মার্শালের বাবা-মা তাকে যাওয়ার আগে বলেছিলেন, তার বন্ধুর সাথে দেখা করা উচিত।

মার্শাল তার মাকে বললেন, 'আমি তার সাথে দেখা করতে রিচার্ডের বাড়িতে যাচ্ছি।" তার মা তাকে বললেন, 'ঠিক আছে তুমি যেতে পারো।" তার বাবা বললেন, "তাড়াতাড়ি এসো দেরি করো না, তোমার চাচা রতন তোমার সাথে দেখা করতে আসবে, সে আমাকে বলেছে আজ রাতে সে আর তোমার আন্টি আমাদের বাসায় থাকবে"। মার্শাল উত্তর দিলেন, 'এটা খুব মজা হবে'

মার্শাল তার বাড়ি থেকে বেরিয়ে এলেন, এবং তিনি রিচার্ডের বাড়ির দিকে যাচ্ছিলেন। মেঘলা দিন ছিল, বাতাস খুব দ্রুত বইছিল যেন বৃষ্টি আসতে চলেছে, এবং এটি একটি বর্ষাকালও ছিল। যখন সে রাস্তা দিয়ে হাঁটে তখন তার জুতায় লাল কাদা লেগে যায়। কয়েক মিনিট পর তিনি রিচার্ডের বাড়িতে পৌঁছান। দরজার কলিং বেল বাজালেন, কিছুক্ষণ পর রিচার্ডের বাবা দরজা খুললেন। রিচার্ডের বাবা বললেন, 'মার্শাল কেমন আছো ছেলে? অনেক দিন ধরে তোমাকে দেখেছি।" মার্শাল উত্তর দিল, "হ্যাঁ, এখন আমি কলকাতা বিশ্ববিদ্যালয়ে মাস্টার্স করছি।" রিচার্ডের বাবা বললেন, 'দারুণ, ভিতরে আসুন, রিচার্ডের ঘরে যান তিনি আপনার জন্য অপেক্ষা করছেন।" মার্শাল তার রুমে গেল, সে দেখল রিচার্ড ঘুমাচ্ছে তার মা তার পাশে বসে আছে। তার মা বললেন, "মার্শাল বসে আছে।' রিচার্ডের মা রিচার্ডকে ঘুম থেকে উঠতে বললেন, রিচার্ড যখন জেগে উঠল তখন সে তার বেস্ট ফ্রেন্ড মার্শালকে তার সামনে দেখতে পেল, এত দিন পর তাকে দেখে সে খুব খুশি হল।

রিচার্ড মার্শালকে বলল, 'কেমন আছো তোমার সাথে দেখা করতে অনেক দিন হলো আমি জানতাম তুমি আজ আসবে, আমি কি ঠিক বলছি।" মার্শাল উত্তর দিল, 'হ্যাঁ, তুমি ঠিকই বলেছ। দুজনেই অনেকক্ষণ কথা বলছিল। রিচা।র্ড মার্শালকে বলেছিলেন যে মাঝে মাঝে তিনি তার ছোট বোনের কথা মনে করেন যিনি 2 বছর আগে মারা গিয়েছিলেন, আত্মহত্যা করে, কেন তিনি এমন করেছিলেন, কেউ জানেন না, তিনি মার্শালকে আরও বলেছিলেন যে তিনি জুনিয়র সম্পাদক হিসাবে একটি নিউজ পেপার অফিসে চাকরি

পেয়েছেন। তিনি আরও বলেছিলেন যে তার বাবা তার চাকরি থেকে অবসর নিয়েছেন এবং এখন তার জন্য কিছু করার সময় এসেছে। রিচার্ডের জীবনের প্রধান বিষয় হল যে সে তার বোনকে সত্যিই মিস করে, সে তার জন্য অনেক মূল্যবান ছিল, তার মৃত্যুর কারণ কেউ জানে না যখন তার বোনের স্মৃতি তার মনে আসে সে খুব অসুখী বোধ করে এবং সে দুঃখের জগতে পরিদর্শন করে।

মার্শাল বলল, 'আমাকে যেতে হবে এখনই আমার বাড়িতে যাওয়ার সময় হয়েছে রিচার্ড তোমার সাথে কথা বলে খুব ভালো লাগলো আমি সত্যিই তোমাকে মিস করব।" রিচার্ড জবাব দিল, 'আমিও তোমাকে মিস করব মার্শাল।"

মার্শাল তার বাসা থেকে বেরিয়ে এল; বাড়ি ফেরার পথে সে রিচার্ডের কথা ভাবছিল একটা ছেলে যার সাথে সে স্কুলে পড়াশুনা করেছিল, সে এমন একটা ছেলে যেটা সত্যিই হাস্যকর, শিশুসুলভ, অপরিণত বলে মনে হয়, সে প্রাইমারি ক্লাসের বাচ্চাদের সাথে সময় কাটাত। আর সেই কারণে সবাই তাকে নিয়ে ঠাট্টা করত। কিন্তু সে এখন আর আগের মতো নেই যে সে তার খুব প্রিয় বোনকে হারিয়েছে, সে তার জীবনে সবসময় দুঃখী থাকে।

সে তার বাড়িতে গেল, সে তার চাচা রতন এবং তার আন্টিকে দেখল, তারা একদিন তার বাড়িতে থাকতে এসেছে, এবং শনিবার ছিল। চাচা বেত বললেন, 'মার্শাল আপনি সোমবার চলে যাচ্ছেন।' মার্শাল জবাব দিলেন, 'হ্যাঁ, চাচা আপনি আজ আমাদের সাথে থাকবেন এবং এটি খুব উত্তেজনাপূর্ণ হবে। মার্শাল ফাদার ড. 'বেত কেন তুমি আর তোমার বউ এখানে দুইদিন থাকো না এটা অনেক আনন্দের মুহূর্ত হবে আর তুমি দুজনেই আগামী সপ্তাহে কলকাতায় যাচ্ছো।" বেত জবাব দিল, 'ঠিক আছে, তুমি চাইলে আমরা তোমার বাড়িতে থাকব। 2 দিনের জন্য, আমরা দুজনেই মার্শালের সাথে সময় কাটাতে পারি তিনি সোমবার চলে যাচ্ছেন এবং পরের সপ্তাহে আমরাও

কলকাতায় যাব, এটি 2 মাসের জন্য এবং আমি এবং আপনার আন্টি জানি না আমরা কখন আপনার সাথে আবার দেখা করব।"

মার্শাল এবং তার বাবা-মা বেত এবং তার স্ত্রীর সাথে চমৎকার সময় কাটাচ্ছিলেন; তারা তাদের জীবনের অভিজ্ঞতা নিয়ে কথা বলছিলেন এবং আলোচনা করছিলেন। রতন সাহেব করিডোরে বসে ছিলেন, রাত 9টা বাজে আর রাতের খাবারের সময় হয়ে গেছে। মার্শাল করিডোরে এসে বললেন, 'চাচা আমার মা এবং আন্টি রাতের খাবারের জন্য প্রস্তুত হচ্ছেন।' মিস্টার বেত জিজ্ঞেস করলেন, 'তোমার বাবা কোথায়'? মার্শাল উত্তর দিলেন, "তিনি কিছু অফিসিয়াল কাজে ব্যস্ত।" রতন সাহেব বললেন, 'এখানে বসো ছেলে একটা কথা বলি।'

বৃষ্টি হচ্ছিল, মিস্টার রতন তাকে জিজ্ঞেস করলেন, 'বাছা, তুমি যখন স্কুলে ছিলে তখন কোন পজিশনে ফুটবল খেলতে।' মার্শাল উত্তর দিল, 'মাঝমাঠ থেকে, তুমি সেই চাচাকে ভুলে গেছ।' মিঃ রতন উত্তর দিলেন, 'না, আমি ভুলিনি, তবে আমি আপনার কাছ থেকে শুনতে চেয়েছিলাম কারণ আমি দেখতে চেয়েছিলাম যে আপনি স্কুলে থাকাকালীন আপনার খুব কাছের খেলাটি মনে রেখেছেন কি না।' মার্শাল উত্তর দিলেন , 'ক্রিকেট এবং ফুটবল এই দুটি খেলা আমার হৃদয়ের খুব কাছাকাছি আমি অনেক ক্রিকেট খেলেছি এবং আমার স্কুলে ফুটবলও খেলেছি আমার সবসময় মনে আছে আমি যখন ছোট ছিলাম তখন আমার বাবার সাথে ক্রিকেট খেলতাম, কিন্তু আমার সবসময় মনে পড়ে গত স্কুলের দিনগুলিতে যখন আমি 12 শ্রেণীতে ছিলাম তখন আমি অনেক ফুটবল ম্যাচ খেলেছিলাম, আমার বাবা সেই সময় সেই খেলাটি পছন্দ করতেন না কিন্তু এখন তিনি এটি খুব পছন্দ করেন, আমি সবসময় সেই সময়টির কথা মনে করি যখন আমি আপনার কাছ থেকে ফুটবলের দক্ষতা শিখতাম। এবং আমার আরও মনে আছে আমার বন্ধুরা আমাকে তাভেজ বলত আর্জেন্টিনার একজন খেলোয়াড় এবং কখনও

কখনও ম্যারাডোনা।" মিস্টার বেত তাকে জিজ্ঞেস করলেন, 'তুমি এখন ফুটবল খেলো না'।

মার্শাল উত্তর দিয়েছিলেন, "না, আমি খেলার জন্য বেশি সময় পাই না এবং আমার বিশ্ববিদ্যালয়েও তারা ফুটবল খেলে না, আমি মনে করি আমি এই মাঠ থেকে অবসর নিয়েছি।" মিঃ রতন বললেন, 'নিজেকে অবসরে নিয়ে যাবেন না, আমি জানি তোমাকে আরও একটি ম্যাচ খেলতে হবে এবং সেই ম্যাচটি হবে তোমার জীবনের অনেক ভাগ্যবান ম্যাচ।'

এমন সময় মার্শালের বাবা করিডোরে এলেন। তার বাবা বললেন, 'দুজনেই বৃষ্টি উপভোগ করছি। মার্শাল উত্তর দিলেন, "হ্যাঁ, আমি বৃষ্টি পছন্দ করি যে রাতে আসে তা পরিবেশকে খুব শীতল করে তোলে।" মিঃ রতন বললেন, "আপনারা সবাই একটা জিনিস জানেন ছোটের মতো জায়গা। নাগপুরের কিছু উপজাতীয় গোষ্ঠী বিশ্বাস করে যে বজ্রধ্বনি, এর গর্জন আওয়াজ সহ, বৃষ্টির সরাসরি কারণ। অতএব, যখন তারা বৃষ্টি চায় তখন তারা একটি পাহাড়ের চূড়ায় যায়, একটি মুরগি বা একটি শূকর বলি দেয়, এবং তারপরে পাহাড়ের নিচে পাথর, পাথর এবং বোল্ডারগুলি ছুঁড়তে শুরু করে, আশা করে যে বৃষ্টি তাদের ক্রিয়াকলাপের ফলে সৃষ্ট গর্জন শব্দগুলি অনুসরণ করবে, ঠিক যেমনটি এটি অনুসরণ করে। বজ্র খোন্দ নামের কিছু উপজাতিও একই রকম, মানুষের আত্মাহুতি দেয় এই বিশ্বাসে যে একজন ব্যক্তির চোখ থেকে রক্ত এবং অশ্রু বৃষ্টি আনবে।" মার্শাল ফাদার উত্তরে বলেছিলেন, 'এখন মানুষ পশুর মতো হয়ে উঠছে, তারা তাদের পুরানো গোঁড়ামি এবং রক্ষণশীলতা মেনে চলছে। যাই হোক না কেন আমাদের ডিনার করা যাক।"

ওরা সবাই ডিনার করতে গেল। রাতের খাবারের পর মার্শাল খুব ঘুমাচ্ছিল, কিন্তু সে ঘুমাতে চায়নি সে তার চাচার সাথে গসিপ করতে চেয়েছিল, কিন্তু তাকে ঘুমাতে যেতে হবে কারণ পরের দিন সকালে তাকে তাড়াতাড়ি ঘুম

থেকে উঠতে হবে এবং তার ব্যাগ গোছাতে হবে কারণ সোমবার তাকে তার বিশ্ববিদ্যালয়ে ফিরে যেতে যেতে হবে।

রবিবার, তিনি সকাল 6 টায় ঘুম থেকে উঠলেন; এটি একটি মেঘলা দিন ছিল মনে হচ্ছে বৃষ্টি থেমে গেছে বা আবার আসবে। তার মা ভোর ৫টায় ঘুম থেকে উঠলেন; তার বাবা তখনও ঘুমাচ্ছিলেন কারণ তিনি রাতভর অফিসিয়াল কাজে ব্যস্ত ছিলেন। মার্শাল তার ব্যাগ গোছাতে শুরু করলেন কারণ তিনি এই কাজটি করতে চান না পরে এই কাজটি তার কাছে অকেজো মনে হয়। তারপরে তিনি তার মায়ের সাথে সকালের হাঁটার জন্য বাড়ির বাইরে ছিলেন, কয়েক মিনিট পর বৃষ্টি শুরু হয়, তার মা তাকে বলেছিলেন, "আমাদের বাড়িতে যাওয়া উচিত। মার্শাল উত্তর দিলেন, 'ঠিক আছে, চলুন। তারা দুজনেই যেতে চায়। তাদের বাড়িতে, তারা বাড়িতে প্রবেশ করলে, মার্শাল তার মাকে বললেন, 'আমাকে ছাতা নিয়ে সকালে হাঁটতে দাও।" তার মা উত্তর দিলেন, 'বৃষ্টিতে তুমি অসুস্থ হয়ে পড় এবং আগামীকাল তোমাকে কলকাতা যেতে হবে।" মার্শাল বললেন, 'না, আমি ছাতা নিচ্ছি, আমি বৃষ্টি উপভোগ করতে চাই কবে আসব জানি না। আবার এই জায়গায়, আমি শুধু এই বৃষ্টি উপভোগ করতে চাই।" মার্শালের মা তাকে থামাননি বরং বললেন, "ঠিক আছে, তুমি যেতে পারো কিন্তু নিজেকে ভিজিয়ে ফেলোনি। শুধু সাবধানে থেকো।" মার্শাল জবাব দিলেন, 'আমি সাবধানে থাকব। বাসা থেকে বেরিয়ে এলেন। সে তার বাড়ির পাশের রাস্তা দিয়ে হাঁটছিল, তখনও বৃষ্টি হচ্ছিল কিন্তু পরিবেশটা খুব সুন্দর লাগছিল। যাওয়ার পথে, সে কিন্ডারগার্টেন স্কুলটি দেখেছিল যেখানে তার বাবা-মা তাকে ছোটবেলায় ভর্তি করেছিলেন, কিন্তু প্রথম দিন তিনি এই স্কুল থেকে পালিয়ে যান। স্কুলটি তার বাড়ির কাছেই ছিল। সে শুধু স্কুলের দিকে তাকিয়ে ছিল। এমন সময় একজন বৃদ্ধা তার দিকে এগিয়ে এসে তাকে বললেন, 'মার্শাল, আমার দুষ্টু ছেলেরা কেমন আছো?' তিনি কিন্ডারগার্টেন শিক্ষক ছিলেন। মার্শাল তার বৃদ্ধ শিক্ষককে দেখে অবাক হলেন; তিনি উত্তর দিলেন, 'আমি ভালো আছি ম্যাডাম।' তার নাম ছিল মিস

ফাতিমা।তিনি বললেন, 'আপনি কলকাতা বিশ্ববিদ্যালয়ে পড়ছেন, আমি কি ঠিক বলছি?' মার্শাল উত্তর দিলেন, 'হ্যাঁ আপনি ঠিকই বলেছেন।' সে বলল, 'তুমি জানো ছেলে আমি প্রায়ই তোমার বাড়িতে যাই তোমার বাবা-মা আমাকে বলেছিল যে তুমি কলকাতায় মাস্টার্স করছ, তুমি জানো আমার সবসময় মনে পড়ে যেদিন তোমার বাবা-মা তোমাকে আমার স্কুলে ভর্তি করে, আর কয়েক মিনিট পরে তুমি পালিয়ে গেল। খুব মজার কিন্তু আমি সবসময় তোমাকে আমার বাড়িতে পড়াতে চেয়েছিলাম তুমি আমার বাড়িতে গণিত পড়তে আসতে এবং যখন তুমি রাশি, ভাগ এবং গুণ বের করতে পারো না তখন তুমি চিৎকার করে কাঁদতে আমি তোমাকে সবসময় মনে রাখতাম। কেজি স্ট্যান্ডার্ডে ছিল।" মার্শাল বললেন, 'আমি কাল চলে যাচ্ছি ম্যাডাম।' তিনি উত্তর দিলেন, 'আমি জানি, তুমি জানো ছেলে আমি তোমাকে সবসময় মনে রাখি আমি তোমাকে আশীর্বাদ করি যাতে তুমি ভবিষ্যতে অনেক বড় মানুষ হতে পারো।'" "গুড বাই, ম্যাডাম মার্শাল বললেন। 'গুড বাই মার্শাল,' মিস ফাতিমা বললেন।

মিস ফাতিমার সাথে কথা বলার পর সে তার বাড়ির দিকে যাচ্ছিল। বৃষ্টি মাত্র একটু থেমেছে, কিন্তু সূর্যের আলো ছিল না, পরিবেশটা অপ্রীতিকর দেখাচ্ছিল, এমন মেঘলা ছিল যেন মেঘগুলো দিগন্ত ছুঁয়েছে, আর মনে হয় যেন প্রকৃতি তার হৃদয়ে কিছু বিষাদ বয়ে বেড়াচ্ছে। এটি ছিল ডিসেম্বর মাস, এটি সেই মাস যখন তিনি স্কুল বাসে ন্যাথালি জোনসের সাথে প্রথম দেখা করেছিলেন, প্রায় বছর কেটে গেছে, কিন্তু সে সেই দিনটি ভুলতে পারে না যেদিন আকাশ মেঘে ঢেকে গিয়েছিল এবং এটি ছিল ডিসেম্বর মাস।

মার্শাল বাড়ি ফিরে গেল। তার বাবা-মা অনেকক্ষণ ধরে তার জন্য অপেক্ষা করছিলেন, তার মা বললেন, 'তুমি দেরি করেছ।' তিনি উত্তর দিলেন, 'আমি মিস ফাতিমার সাথে রাস্তার ধারে দেখা করেছি, তার সাথে কথা বলতে অনেক সময় লেগেছে।' তার বাবা বললেন, 'আপনি আপনার লাগেজ গুছিয়ে

রেখেছেন'। মার্শাল বললেন, 'হ্যাঁ আমার কাছে ছিল, তবে আমাকে আবার দেখতে দিন আমি চলে গিয়েছিলাম কিনা। কিছু বা না।" সে তার ঘরে গিয়ে তার ব্যাগ খুলে দেখল সব কিছু আছে, এমন সময় তার মা তার কাছে এসে বললেন, 'শুনেছি তুমি এই মাসের মধ্যেই শিমলা যাবে। মার্শাল উত্তর দিলেন, 'হ্যাঁ, আমি কলকাতায় যাওয়ার পর আমাদের শিক্ষিকা মিস লুসি আমাদের শিমলায় নিয়ে যাবেন আমাদের ফাইনাল পরীক্ষা শেষ এখন আমরা সবাই সেখানে 1 মাস থাকব।' তার মা বললেন, 'ঠিক আছে, তবে কিছু বই সঙ্গে নিয়ে যান। আপনি বিশেষ করে আপনার সামাজিক নৃবিজ্ঞান বই, আপনাকে আপনার পিএইচডি করার জন্য বিদেশে যেতে প্রবেশিকা পরীক্ষার জন্য প্রস্তুত হতে হবে, আরেকটি জিনিস এই সোয়েটার এবং এই জ্যাকেটটি আপনার সাথে নিয়ে যান এটি আপনাকে উষ্ণ রাখবে।" মার্শাল বললেন, 'তুমি আমাকে এই জিনিসগুলো দিয়েছ, কিন্তু আমার ব্যাগে রাখার জায়গা নেই।' তার মা বললেন, 'তুমি চিন্তা করো না আমি তোমাকে একটা স্যুটকেস দেবো তুমি এই জিনিসগুলো ওটাতে রাখতে পারবে। আপনি যদি অন্য কিছু নিতে চান তবে আপনি এটি ভিতরে রাখতে পারেন।"

মার্শাল তার সোয়েটার এবং তার জ্যাকেট নিয়েছিল যা তার মা তাকে দিয়েছিল, সে তার বাবা-মাকে নিয়ে খুব চিন্তিত যে সে জানে না, আগামীকাল সে চলে যাচ্ছে সে তার বাবা-মাকে সত্যিই মিস করবে এই পৃথিবীতে যাদের সে বেশি ভালোবাসে। তিনি সর্বদা মনে রাখেন যে তার মা তাকে সবসময় তার ভবিষ্যত উজ্জ্বল করতে, একজন ভাল মানুষ হওয়ার জন্য ভালভাবে পড়াশোনা করতে বলেন যা একজন মানুষের প্রধান এবং সবচেয়ে গুরুত্বপূর্ণ গুণ তার মা তার জীবনের প্রথম শিক্ষক ছিলেন। তিনি সর্বদা তার বাবার কথা ভাবেন যিনি তাকে তার শৈশব থেকে সবকিছু দেন তার বাবা কখনই নিজের কথা ভাবেন না, তবে তিনি কেবল তার ছেলের কথা ভাবেন যাতে তিনি তার জীবনে যা চান তা পেতে পারেন। মার্শাল সর্বদা তাদের সম্পর্কে চিন্তা করে

এবং সে জানে একদিন তার বাবা-মা যাকে তিনি এই পৃথিবীতে সবচেয়ে বেশি ভালোবাসেন তাকে নিয়ে গর্ববোধ করবেন।

মার্শাল সোয়েটার আর জ্যাকেট স্যুটকেসে রাখল। সেই মুহূর্তে তিনি তার ফুটবল বুট দেখেছিলেন, যেটি তার বাবা দোকান থেকে কিনেছিলেন যখন তিনি স্কুলে ছিলেন যার মাধ্যমে তিনি হ্যাটট্রিক করেছিলেন। তিনি তার শেষ ফুটবল ম্যাচ খেলতে স্যুটকেসে ফুটবল বুটও রেখেছিলেন; কারণ তার চাচা তাকে বলেছিল তোমার শেষ ফুটবল ম্যাচে ভালো কিছু হবে।

# তেরো

এটি সোমবার ছিল, এবং মার্শালের তার বাড়ি ছেড়ে দিল্লি বিশ্ববিদ্যালয়ে ফিরে যাওয়ার দিন ছিল। দিনটা একটু রোদেলা হলেও বেশ ঠান্ডা ছিল। মার্শাল তার বাবার সাথে বিমানবন্দরে যাচ্ছিলেন, তার মা বিমানবন্দরে তার সাথে যেতে চেয়েছিলেন, কিন্তু তিনি তাকে তার সাথে না আসতে বলেছিলেন কারণ তার মা তার সাথে থাকলে সে যেতে পারে না সে কাঁদতে শুরু করতে পারে . তিনি বিমানবন্দরে গেলেন। তার বাবা তাকে বললেন, 'তাই তুমি যাচ্ছ, আমি তোমাকে খুব মিস করব ছেলে খেয়াল রেখো আমি তোমাকে প্রতি মাসে চিঠি পাঠাব এবং মাঝে মাঝে এক সপ্তাহে, এস ছেলে চোখের জল ফেলো না কষ্ট করে পড়াশুনা করো, মজা করো। যত্ন।"

মার্শাল তার বাবার চোখ অশ্রুতে ভরা দেখলেন এটা তিনি প্রথম দেখেছিলেন, যদি তার বাবা তাকে বাধা না দেন; সে এমনকি কাঁদতে শুরু করবে। তিনি বিমানে উঠেছিলেন এবং তার পিতামাতার কথা ভাবছিলেন, বিশেষ করে তার বাবার কথা,

*পিতা. আমি তোমার চোখে পড়তে পারি, তোমার চশমার পিছনের অশ্রু, বঞ্চনার অশ্রু, বেদনা এবং তীব্রতা। আপনার চোখে যে উদ্বেগ স্পষ্টভাবে লক্ষ্য করা যায়, আমি সেই মুহূর্তে সেখানে ছিলাম, আপনার কাছ থেকে আমার সমস্ত শিক্ষা থাকা সত্ত্বেও আমি সেই ছেলেটিই যা আমি আমার শৈশবে ছিলাম, একটি বোকা বালক এবং একটি আশাহীন প্রাণী। বাবা, আপনার চোখে যে চেহারাটি ভেসে যায় তা ছিল আমার প্রতি ভালবাসা, যে ভালবাসা লুকিয়ে ছিল এবং লুকানো অশ্রু ব্যথা এবং কষ্ট যা আমি আপনাকে এবং মাকে ছোটবেলা থেকে দিয়েছি। আমি স্পষ্টভাবে আপনার চোখের টাস্ক পড়তে পারেন.*

কয়েক মিনিট পর তিনি কলকাতায় আসেন। তিনি হোস্টেলে যাচ্ছিলেন, সেখানে গিয়ে দেখলেন আদ্রিয়ানা হোস্টেলের গেটের কাছে দাঁড়িয়ে তার জন্য অপেক্ষা করছে। তার এক বন্ধু তার নাম ধরে ডাকল, মার্শাল, মার্শাল।

এটা আর কেউ নয় যতীন তার রুমমেট। যতীন তাকে বলল, 'মার্শাল তুমি এসেছ, আমি গতকালই এসেছি।' মার্শাল তাকে জিজ্ঞেস করল, 'কেন আদ্রিয়ানা এখানে দাঁড়িয়ে আছে সে কারো জন্য অপেক্ষা করছে।' যতীন বলল, 'হ্যাঁ, সে সকাল থেকে এখানে দাঁড়িয়ে ছিল, সে তোমার জন্য অপেক্ষা করছিল, আমি একটি মেয়েকে দেখেছি যে তোমার জন্য এত যত্নশীল, তুমি সত্যিই খুব ভাগ্যবান।"

মার্শাল হোস্টেলের গেটের কাছে গিয়ে আদ্রিয়ানাকে বললেন, 'আমি তোমাকে অনেক দূর থেকে দেখেছি তুমি এখানে দাঁড়িয়ে আছ এবং আদ্রিয়ানা কেমন আছো।" আদ্রিয়ানা বলল, 'আমি ঠিক আছি, আমি শুধু আমার এক বন্ধুর জন্য অপেক্ষা করছিলাম।" তাকে সত্য বলবেন না যে সে তার জন্য অপেক্ষা করছিল, তার পেছনের কারণ যদি সে রেগে যায়। মার্শাল জানতেন যে তিনি তাকে সত্য বলতে ভয় পাচ্ছেন, তিনি তাকে জিজ্ঞাসা করলেন, এবং 'আপনার বন্ধু এসেছেন।' তিনি উত্তর দিলেন, 'আমি জানতাম না, হতে পারে।' এরপর মার্শাল তাকে কিছু জিজ্ঞেস করলেন না, তিনি বললেন, 'আমি আপনার জন্য আমার মায়ের তৈরি কিছু মিষ্টি এনেছি। সে তাকে মিষ্টির একটি বাক্স দিল, সে তা নিল এবং সে এতটা উত্তেজিত হল, যতটা খুশি সে আগে কখনও খায়নি, কারণ সে ঈশ্বরের কাছ থেকে কিছু মূল্যবান উপহার পেয়েছিল।

মার্শাল তাকে দেখেছিল যে সে সেদিন এত খুশি হয়েছিল যে সে আগে কখনও ছিল না, এটি কেবল সেই জিনিস যা সে তার মধ্যে পছন্দ করে, তার মুখের হাসি, যা তার নিঃশ্বাস কেড়ে নেয়, যখন সে সেই মুহূর্তটির মধ্য দিয়ে

যায় তখন সে কেবল একটি সময় কাটাতে চায়। তার সাথে মুহূর্ত, আনন্দ এবং আকাঙ্ক্ষার একটি মুহূর্ত, কারো উপস্থিতি অনুভব করার ইচ্ছা, ভালবাসা এবং আশার উপস্থিতি। আদ্রিয়ানার ক্ষেত্রেও তাই হয়েছিল।

মার্শাল তার হোস্টেলে গিয়ে তার ঘরে প্রবেশ করল। সে দেখল যতীন দাবা প্র্যাকটিস করছে, মার্শাল তাকে জিজ্ঞেস করল কেন সে দাবা প্র্যাকটিস করছে, দাবার একটা টুর্নামেন্ট আছে, কিন্তু সে কিছুতেই উত্তর দিচ্ছে না এবং যদি সে তার কাজ পূর্ণ একাগ্রতার সাথে করছে। আবারও মার্শাল তাকে একই প্রশ্ন করেছিলেন সেই সময় তিনি উত্তর দিয়েছিলেন যে একটি দাবা টুর্নামেন্ট হতে চলেছে এবং তিনি তাতে অংশ নিচ্ছেন এবং সেই টুর্নামেন্টটি একটি নতুন দাবা ক্লাবে অনুষ্ঠিত হবে এবং সেই ক্লাবটি মিস লুসি বিশ্ববিদ্যালয়ে খুলেছেন। . যতীন তাকে বলেছিল মিস লুসি তার অফিসে তার সাথে দেখা করতে চায়।

পরের দিন সকালে তিনি তার অফিসে তার শিক্ষক মিস লুসির সাথে দেখা করতে বিশ্ববিদ্যালয়ে যান। তার স্নাতকোত্তর ডিগ্রির ক্লাস এখন শেষ হয়েছে, তবে তাকে কিছু ব্যবহারিক কাজ করার জন্য বিশ্ববিদ্যালয়ে আসতে হবে। তার ফাইনাল পরীক্ষাও শেষ হয়েছিল, তবে এখন এক সপ্তাহ ধরে সে বিশ্ববিদ্যালয়ে সমাজবিজ্ঞানের কিছু ব্যবহারিক কাজে ব্যস্ত রয়েছে।

সে মিস লুসির অফিসের দরজার কাছে গেল। তিনি বললেন, 'ম্যাডাম আমি আসতে পারি।' মিস লুসি মার্শালকে দেখে খুব উত্তেজিত হয়ে বললেন, 'আমার ছেলেকে স্বাগতম।
আপনার ছুটি কেমন ছিল, আপনাকে ফিরে দেখে আমি খুব খুশি?" মার্শাল তাকে জিজ্ঞাসা করলেন, 'ম্যাডাম আপনি আমার সাথে দেখা করতে চেয়েছিলেন।" সে বলল, 'তুমি সবসময় খুব সিরিয়াস, আগে একটা কথা বলি তারপর বলবো কেন তোমাকে ডেকেছি।" মার্শাল এবং মিস লুসি তার পরিবার

এবং বন্ধুদের কথা বলছিলেন। কয়েক মিনিট পর মিস লুসি বললেন, 'মার্শাল আপনি আপনার সমাজবিজ্ঞানের ব্যবহারিক কাজ করছেন।" মার্শাল বললেন, 'হ্যাঁ'। মিস লুসি বললেন, 'যখন শেষ হবে।' মার্শাল বললেন, "আজ মঙ্গলবার, শুক্রবারের মধ্যে শেষ হয়ে যাবে।' মিস লুসি উত্তর দিলেন, 'ঠিক আছে, আপনি জানেন যে আমরা শিমলায় একটি স্টাডি ট্যুর করতে যাচ্ছি।' মার্শাল বললেন, 'হ্যাঁ, আমি জানি ম্যাডাম।' মিস লুসি বললেন, "আগামী সপ্তাহে আপনি সেখানে যেতে প্রস্তুত, আপনি জানেন যে আমি ইতিমধ্যে আপনার মায়ের সাথে ফোনে কথা বলেছি।" মার্শাল বললেন, 'আমি এখানে আসার সময় দেখছি তিনি আমাকে এটি সম্পর্কে বলেছিলেন, কিন্তু আমি জানতাম না কোথা থেকে সে জানলো যে শিমলায় একটা স্টাডি ট্যুর হবে।" মিস লুসি বললেন, 'আমি তাকে বলেছিলাম আমার নাম তোমাকে না বলতে, আমি শুধু এটা গোপন রাখতে চেয়েছিলাম, আমি তোমার বাবার সাথেও কথা বলেছি এবং তোমার মা এবং বাবা দুজনেই খুব সুন্দর তুমি একজন খুব ভাগ্যবান ছেলে যেটা পেয়েছ। যেমন পিতামাতা।"

মার্শাল বললেন, 'ম্যাডাম আমি সেখানে যেতে প্রস্তুত আমি সেখানে যেতে খুব আগ্রহী আমার বাবা-মাও ট্রিপের কথা শুনে খুব উত্তেজিত হয়েছিলেন।' মিস লুসি বললেন, 'তাই শুনে আমি খুব খুশি। আপনি যাবেন, কিন্তু মনে রেখো এখন সিমলায় খুব ঠান্ডা।' মার্শাল বললেন, 'আমি জানি যে আমার মা আমাকে কিছু সোয়েটার এবং একটি জ্যাকেট দিয়েছিলেন তিনি সেই জায়গা সম্পর্কে অনেক কিছু জানেন।" মিস লুসি বললেন, 'আমি আপনার বাবা-মাকে খুব ভালো করে চিনি আমার বাবা আপনার দাদার বন্ধু ছিলেন।' মার্শাল বললেন, 'কিন্তু ম্যাডাম আপনি আমাকে আগে বলেননি। মিস লুসি বললেন, 'আমি সবসময় তোমাকে সেটা বলতে চেয়েছিলাম, কিন্তু তোমাকে বলার সুযোগ আমার ছিল না।" মার্শাল বললেন, 'ঠিক আছে, আমার এখন চলে যাওয়া উচিত আমি আমার সমাজবিজ্ঞানের শিক্ষকের সাথে আমার ব্যবহারিক কাজের বিষয়ে দেখা করেছি।" মিস লুসি বললেন, 'ঠিক আছে, আমি আপনার

সাথে পরে কথা বলব, তবে একটা কথা শোন আমাদের বিশ্ববিদ্যালয়ে একটি দাবা টুর্নামেন্ট হবে। তোমার নাম আগেই দিয়েছিলাম তুমি জানো যে আমি একটা দাবা ক্লাব খুলেছি এবং সেটা রবিবার।" মার্শাল বললেন, 'ম্যাডাম আমি স্কুলে পড়ার অনেক আগে থেকেই দাবা খেলতাম।' মিস লুসি বললেন, 'তুমি শুধু এতে অংশগ্রহণ কর, তোমার জয় বা পরাজয় কিছু যায় আসে না।" মার্শাল বললেন, 'ঠিক আছে। তুমি আমাকে বলছো তাহলে আমি চেষ্টা করব।" মিস লুসি বললেন, "এটা তোমার খুব মিষ্টি।" মার্শাল মিস লুসির অফিস থেকে বের হতে যাচ্ছিলেন, কিন্তু দরজার বাইরে যাওয়ার সময় তিনি বললেন মিস লুসি, 'ম্যাডাম' মিস লুসি উত্তর দিলেন, "হ্যাঁ, ছেলে তুমি বলতে চাও। কিছু। মার্শাল বললেন, "ম্যাডাম আমি জানতে চাই আদ্রিয়ানা শিমলায় আসবে।" মিস লুসি শুধু হেসে বললেন, 'সে আসবে।' মার্শাল বললেন, 'ঠিক আছে, বাই ম্যাডাম। মিস লুসি বললেন, 'বাই মার্শাল।'

মার্শাল মিস লুসির অফিস থেকে বেরিয়ে গেল। সে ভাবছিল যে মার্শাল আদ্রিয়ানাকে ভালোবাসে সে কারণে সে জানতে চেয়েছিল সে শিমলায় আসছে। তিনি জানতেন যে মার্শাল তাকে এই প্রশ্নটি জিজ্ঞাসা করতে চলেছেন এবং সেই কারণে তিনি তার দিকে হাসলেন। সে এটাও জানে যে মার্শাল তাকে কোনো মুহূর্ত মিস করতে চায় না যখন সে তার সাথে কথা বলে সে খুব খুশি বোধ করে এটা হৃদয় এবং আত্মার একটি দুর্দান্ত অনুভূতি, এটি আদ্রিয়ানার সাথেও একই রকম সেও মনে করে যেন সে তার জীবনের প্রতিটি মুহূর্তে তার সাথে থাকতে চায়।

মার্শাল তার ব্যবহারিক কাজের জন্য তার সমাজবিজ্ঞানের শিক্ষকের সাথে দেখা করেন। এরপর সে তার হোস্টেলে যাচ্ছিল তখন প্রায় সন্ধ্যা ৬টা, তখন পুরোপুরি অন্ধকার এবং শীতকাল হওয়ায় কুয়াশার কারণে কিছুই দেখা যাচ্ছিল না। যাওয়ার পথে তিনি আদ্রিয়ানার সাথে দেখা করেন, মার্শাল তার হোস্টেলে যাচ্ছিলেন এবং আদ্রিয়ানা তার হোস্টেলে যাচ্ছিলেন যা শুধুমাত্র

বিদেশীদের জন্য। সে সময় তিনি তাকে ডাকলেন; সে তার দিকে এগিয়ে এসে তাকে বলল, 'চলো আমরা ক্যান্টিনে গিয়ে এক কাপ কফি খাই।' মার্শাল বললেন, "কিন্তু আমার মনে হয় ক্যান্টিন বন্ধ আছে।" আদ্রিয়ানা বলল, 'না, সন্ধ্যা ৭টা পর্যন্ত খোলা থাকে, চলো যাই।" মার্শাল বললেন, 'শুধু এক শর্তে, আমি বিল পরিশোধ করব। আদ্রিয়ানা বলল, 'ঠিক আছে'।
দুজনে ক্যান্টিনে গেল। আদ্রিয়ানা তার আর মার্শালের জন্য দুই কাপ কফির অর্ডার দিল। আদ্রিয়ানা বলল, 'আপনার মিষ্টিগুলো অসাধারণ ছিল। মার্শাল বললেন, 'আমার মা এটা তৈরি করেছেন বলেই।' আদ্রিয়ানা বললেন, 'আমি জানি, ওই মিষ্টিগুলোর মধ্যে ভালোবাসা ও যত্নের অনুভূতি ছিল, তোমার বাবা-মা তোমাকে এত ভালোবাসে তুমি অনেক ভাগ্যবান।' মার্শাল বললেন, 'আপনি একটা জিনিস জানেন, আমি যখন স্কুলে ছিলাম আমার নৈতিক বিজ্ঞানের ক্লাসে বইয়ে একটা প্রশ্ন ছিল, আপনি কি এমন কিছু করেছেন যা আপনার জন্য আপনার বাবা-মাকে গর্বিত করেছে, আমার শিক্ষক আমাকে বলেছেন, আমি কিছুই করিনি? যা আমার বাবা-মাকে আমার জন্য গর্বিত করেছে, আমি সবসময় তাদের দুঃখ দিয়েছি এবং সেদিন আমার শিক্ষকের এই জিনিসগুলি আমার হৃদয়ে গভীর বেদনা ও দুঃখ দিয়েছে, আমি যখন জুনিয়র ক্লাসে ছিলাম তখন আমার সমস্ত বন্ধুরা আমাকে সমালোচনা করত। কারণ আমি ৩টি ক্লাসে ৩ বার ফেল করেছি। আমি তাদের শুধু কষ্ট এবং দুঃখ দিয়েছি।" মার্শালের কথা শুনে আদ্রিয়ানার চোখ থেকে অশ্রু ঝরছিল, কিন্তু সে তা লুকানোর চেষ্টা করছিল। মার্শাল বললেন, "তোমার চোখ থেকে অশ্রু ঝরছে। আদ্রিয়ানা বলল, 'না, আমার মনে হয় কিছু একটা হয়েছে। আমার চোখে পড়ে।' মার্শাল বললেন, 'এখন সন্ধ্যা ৭টা বেজে গেছে আমরা এখন চলে যাব।

মার্শাল বিল দিতে যাচ্ছিল কিন্তু তার কাছে ন্যূনতম পরিমাণ ছিল না। আদ্রিয়ানা তার কাছে এসে তাকে টাকা দিয়ে বললো, 'আজ আমাকে টাকা দিতে দাও, ভবিষ্যতে যখন তুমি অনেক বড় মানুষ হবে সেদিন তুমি আমার

জন্য বিল পরিশোধ করবে যদি আমরা কফি খেতে আসি আর আমি যদি না থাকি। তুমি, তুমি আমাকে মনে রাখো।"

আদ্রিয়ানা এবং মার্শাল ক্যান্টিন থেকে বেরিয়ে তাদের হোস্টেলে যাওয়ার পথে। মার্শাল বললেন, 'আপনি জানেন আগামী সপ্তাহে আমাদের সবাইকে সিমলার উদ্দেশ্যে রওনা দিতে হবে।' আদ্রিয়ানা বলল, 'হ্যাঁ আমি জানি, কিন্তু তুমি আমাকে বলেছিলে তুমি আমাকে তোমার শহরে নিয়ে যাবে এবং আমি তোমার বাবা-মায়ের সঙ্গে দেখা করব।"

মার্শাল বললেন, "হ্যাঁ, আমরা যখন শিমলা থেকে আসব তখনই আমি তোমাকে আমার শহরে নিয়ে যাব এবং এটি পরের বছর 15 দিনের জন্য এখন এটি ডিসেম্বর আমাদের সফর এক মাসের জন্য পরের বছর এটি 1994, তারপর আমি তোমাকে নিয়ে যাব। আমার নিজ শহরে।"

আদ্রিয়ানা যখন শুনল যে সে খুব খুশি হয়েছিল। তিনি তাকে বলেছিলেন 'এটি একটি প্রতিশ্রুতি': মার্শাল বলেছিলেন 'এটি একটি প্রতিশ্রুতি'।

## চৌদ্দ

রবিবার, এটি একটি রৌদ্রোজ্জ্বল সকাল ছিল। যেদিন নতুন দাবা ক্লাবে দাবা টুর্নামেন্ট অনুষ্ঠিত হবে। এতে মার্শাল অংশ নিয়েছিলেন এবং তাঁর বন্ধু যতীন খুব চিন্তিত ছিলেন। মার্শাল যতীনকে খুব উদ্বিগ্ন মেজাজে দেখল। আসলে তিনি সবসময় এই ধরনের মেজাজে থাকতেন, কিন্তু আজ তা অনেক বেশি ছিল এবং এটি শুধুমাত্র দাবা টুর্নামেন্টের কারণে।

সবাই নতুন দাবা ক্লাবে জড়ো হলো। মিস লুসি এবং তার অফিসের কয়েকজন স্টাফ দাবা টুর্নামেন্ট দেখতে এসেছিলেন। টুর্নামেন্টের শুরু থেকেই চেস ক্লাবে বসে ছিলেন আদ্রিয়ানা। মিস লুসি যখন ক্লাবে এলেন তখন তিনি দেখলেন আদ্রিয়ানা একটি চেয়ারে বসে মার্শালের আসার জন্য অপেক্ষা করছে। মিস লুসি ভাবছিলেন মার্শাল কত ভাগ্যবান যে তার একটি মেয়ে আছে যে তাকে খুব ভালবাসে এবং যে সত্যিই তার যত্ন নেয়।

কয়েক মিনিট পর টুর্নামেন্ট শুরুর টাই হলো, বিশ্ববিদ্যালয়ের ছয়জন শিক্ষার্থী এতে অংশ নিয়েছে এবং তারা বিভিন্ন বিভাগের। মার্শাল সমাজবিজ্ঞান বিভাগ থেকে। মিস লুসি, টুর্নামেন্ট শুরুর আগে তিনি একটি ঘোষণা করতে গিয়েছিলেন।

মিস লুসি কথা বলতে শুরু করলেন;

"আমাদের নতুন দাবা ক্লাবে আমি আপনাদের সকলকে স্বাগত জানাই। আমরা আমাদের ক্লাবে একটি দাবা টুর্নামেন্টের আয়োজন করেছি এবং সবচেয়ে গুরুত্বপূর্ণ বিষয় হল আজ আমাদের সাথে একজন বিশেষ ব্যক্তি

আছেন, তিনি কলকাতার বিশিষ্ট ব্যক্তিদের একজন এবং তিনি একজন ডাক্তার একজন নিউরোসার্জন এবং তার নাম ডাঃ রাজ শেট"

ডাঃ রাজ ক্লাবে প্রবেশ করলেন। প্রত্যেকে তার দিকে তাকিয়ে ছিল, তিনি এসে বসলেন এবং প্রত্যেককে বললেন, "আমি কোন বক্তৃতা দিতে চাই না, আসুন টুর্নামেন্ট শুরু করি।"

শুনে সবাই অবাক হলেও টুর্নামেন্ট শুরু করার কথা বললেন মিস লুসি।

টুর্নামেন্ট শুরু হয়েছিল, এবং শেষ পর্যন্ত মার্শাল এবং তার বন্ধু যতীন ফাইনালের জন্য যোগ্যতা অর্জন করেছে। মিস লুসি আদ্রিয়ানার সাথে বসে ম্যাচ দেখছিলেন। শেষ পর্যন্ত ম্যাচ হেরে গেলেন মার্শাল। মার্শাল তার বন্ধু যতীনের জন্য হেরেছেন কারণ কেউ যদি দাবা টুর্নামেন্ট জিতেন তাহলে তিনি 20,000 টাকা নগদ পাবেন। যতীনের বোন ফুসফুসের ক্যান্সারে ভুগছে এবং সে শেষ পর্যায়ে রয়েছে এবং তার চিকিৎসার জন্য তার এই অর্থের প্রয়োজন ছিল তার বাবা একটি সরকারি অফিসে কেরানি এবং প্রতি মাসে 2000 টাকা বেতন পান এবং তার মা একজন গৃহিণী।
আদ্রিয়ানা জানে মার্শাল ম্যাচ হারবে শুধু তার বন্ধুর জন্য। তিনি মার্শালের মধ্যে একটি সত্য গুণ খুঁজে পেয়েছেন একটি দয়ার গুণ, এবং তিনি কখনই নিজের জন্য চিন্তা করেন না অন্যের জন্য।
টুর্নামেন্ট শেষ হয়ে গেছে যতীন ডঃ রাজ শেটের কাছ থেকে নগদ পরিমাণ পেয়েছেন। কয়েক মিনিট পর সবাই ক্লাব ছেড়ে চলে গেল।

আদ্রিয়ানা মার্শালের সাথে কথা বলছিল। সে বলল, "আমি জানি তুমি তোমার বন্ধুকে সাহায্য করেছিলে তুমি টুর্নামেন্টে হেরেছিলে যতীন কি এটা জানত।" মার্শাল বললেন, "না, কিন্তু আমি তাকে কিছু বলতে চাইনি কারণ সে এটার যোগ্য, আমার চেয়ে অনেক বেশি।" আদ্রিয়ানা বলল, 'তুমি ঠিক বলেছ।' ঠিক

সেই মুহূর্তে মিস লুসি মার্শাল ও অ্যাড্রিয়ানাকে ডাকলেন। মার্শাল পিছন ফিরে দেখলেন মিস লুসি তাকে ডাকছেন তার সাথে ডঃ রাজ ছিলেন, মিস লুসি বললেন, 'তোমরা দুজনেই এখানে আসো।

আদ্রিয়ানা এবং মার্শাল মিস লুসির কাছে এলেন, মিস লুসি বললেন, 'আমি আপনাদের দুজনকে ডঃ রাজের সাথে দেখা করতে ডেকেছি, তিনি আপনাদের দুজনের সাথে দেখা করতে চেয়েছিলেন। সিগারেট ধরিয়ে আদ্রিয়ানা তাকে বলল, স্যার, মার্শালকে জানাবেন না দয়া করে তার গন্ধে শ্বাসকষ্ট হচ্ছে।' ডাঃ রাজ বললেন, 'তুমি তার স্বাস্থ্যের ব্যাপারে অনেক সচেতন, মার্শাল তুমি খুব ভাগ্যবান ছেলে।" মিস লুসি বললেন, 'সে শুধু তার বন্ধু আর কিছু নয়। ডাঃ রাজ বললেন, 'আমি সবকিছু বুঝতে পারি ম্যাডাম, বাই যেভাবে তিনি বলছেন আমি তার অনুভূতি বুঝতে পারি।' মিস লুসি বললেন, 'সে আদ্রিয়ানা আমার বোনের মেয়ে সে মার্কিন যুক্তরাষ্ট্র থেকে এসেছে। তিনি বলেছিলেন, 'সে একজন আমেরিকান মেয়ে। মিস লুসি বললেন, "হ্যাঁ স্যার, তার বাবা ছিলেন ভারতীয় এবং তিনি আমার নাট্যবিদ্যার ছাত্র মার্শাল, তিনি সমাজবিজ্ঞানে মাস্টার্স করছেন।"

ডাঃ রাজ বললেন, আদ্রিয়ানা আর মার্শাল খুব কাছের, কিন্তু আমি মার্শালের বাবাকে খুব ভালো করে চিনি আমরা স্কুলের বন্ধু, মার্শাল তোমার বাবার নাম মিস্টার করণ রায়।" মার্শাল বললেন, 'হ্যাঁ স্যার।' মিস লুসি বললেন, 'তুমি এবং তার বাবা দুজনেই স্কুলের বন্ধু।" ডক্টর রাজ বললেন, "হ্যাঁ, তার বাবাও একজন লেখক তিনি কবিতা লিখেছেন গত বছর তিনি কবিতায় তার দুর্দান্ত কাজের জন্য জাতীয় পুরস্কার পেয়েছেন" মিস লুসি বলেন, 'আমি তার বাবাকে খুব ভালোভাবে চিনি না তবে আমি তার মাকে খুব চিনি। ঠিক আছে, কিন্তু আমি জানি যে তার বাবা একজন কবিতা লেখক এবং তিনি একটি অফিসে প্রধান সম্পাদক হিসাবে কাজ করেন।" মার্শাল বললেন, 'আপনি ঠিক বলেছেন স্যার, কিন্তু বাবা আমাকে আপনার সম্পর্কে বলেননি, আমি তার সব

বন্ধুদের চিনি।" ডাঃ রাজ মো. "আমার মনে হয় সে তোমাকে আমার সম্পর্কে বলতে ভুলে গেছে, আমরা বেস্ট ফ্রেন্ড ছিলাম কিন্তু অনেকবার যখন আমরা স্কুলে ছিলাম তখন যখন আমি তাকে সব মেয়ের সামনে উত্যক্ত করতাম তখন আমরা যখন স্কুল ছেড়েছিলাম তখন আমি আমার চিকিৎসার জন্য ইংল্যান্ডে গিয়েছিলাম। পড়াশুনা করছিল এবং সে ভারতের অন্য একটি কলেজে ছিল এবং সেই সময় থেকে আমরা একে অপরের সাথে যোগাযোগ করছিলাম না।"

মিস লুসি বললেন, 'স্যার, আমাদের সাথে চা খেতে আসুন।' ডক্টর রাজ বললেন, 'না, আজ নয়, অন্য কোনো দিন'। মিস লুসি জিজ্ঞেস করলেন, 'তুমি আজ ব্যস্ত'। ডাঃ রাজ বললেন, "হ্যাঁ, আমি, মিস লুসি বললেন, "কিন্তু আজ রবিবার'। ডাঃ রাজ বলেন, 'আমিও রবিবার কাজ করি, আমাকে অস্ত্রোপচারের জন্য হাসপাতালে যেতে হবে।' মিস লুসি জিজ্ঞেস করলেন, 'ব্রেন টিউমারে আক্রান্ত রোগী, আমাকে আজ টিউমার অপারেশন করতে হবে ঈশ্বরের কাছে প্রার্থনা করুন আমি বাঁচাতে পারি। সেই রোগীর জীবন।" মার্শাল কিছুক্ষণ চুপ করে থাকলেন কিন্তু ডাক্তার রাজের কাছ থেকে একজন রোগীর কথা শুনে বললেন, 'স্যার, আপনি সেই রোগীর জীবন বাঁচাবেন, যে একজন ভালো মানুষ তারা জীবনে কখনো ব্যর্থ হয় না।

মার্শালের কথা শুনে ডঃ রাজ এতটা খুশি হয়েছিলেন যতটা তিনি আগে কখনও হননি। তিনি মার্শালকে বললেন, "আজ আমি আপনার সাথে দেখা করে খুব খুশি, আমি একজন সার্জন আমি হাজারো অস্ত্রোপচার করেছি এবং অনেক মানুষের জীবন বাঁচিয়েছি, কখনও কখনও যখন আমি মানুষের জীবন বাঁচাতে ব্যর্থ হই তখন মনে হয় আমি একজন খুনি যে কাউকে হত্যা করেছে। যাকে আমি চিনি না কিন্তু সে দরিদ্র বাবা-মায়ের ছেলে বা ভাই বা বৃদ্ধ বাবা-মায়ের আশা, জীবন একটি যাত্রা এবং মৃত্যু তার শেষ, কিন্তু আজ মনে হয় আমি একটি সুখ এবং মানসিক শান্তি পেয়েছি এখানে আসুন এবং আপনার সাথে দেখা করতে বিশেষ করে মার্শাল, কিন্তু আমি মনে করি আমি

আপনাকে বলতে চাই আপনি এবং অ্যাড্রিয়ানা দুজনেই একসাথে খুব খুশি লাগছে। আমি ঈশ্বরের কাছে প্রার্থনা করব আপনি উভয়েই ভবিষ্যতে সুখী থাকুন, বিদায় মার্শাল।"

মার্শাল এবং আদ্রিয়ানা তাদের হোস্টেলের দিকে হাঁটছিলেন। আদ্রিয়ানা বলল, 'তুমি কিছু ভাবছ। মার্শাল বললেন, 'না, কিছুই না'। আদ্রিয়ানা জানে মার্শাল কি ভাবছিল সে ডঃ রাজ সম্পর্কে কি ভাবছিল, সে তার এবং মার্শাল সম্পর্কে যা বলেছিল। আদ্রিয়ানা ঈশ্বরের কাছে প্রার্থনা করছিল যা ডাক্তার তার এবং মার্শাল সম্পর্কে যা বলেছিল যদি তা সত্যি হয়, আদ্রিয়ানা মার্শালকে নিজের চেয়ে অনেক বেশি ভালবাসে সে তার সাথে তার জীবন কাটাতে চায়, মার্শালের সাথেও একই রকম সময় সে যখন আদ্রিয়ানার সাথে কাটায় তার কাছে মনে হয় যে সে সেই মুহূর্তটি চিরকাল বেঁচে থাকতে চায়, সময়টি তার জন্য কিছু সময়ের জন্য থামুক।

আদ্রিয়ানা মার্শালকে জিজ্ঞেস করল, 'তোমার মনে আছে কাল আমাদের সিমলা যেতে হবে।' মার্শাল বললেন, 'আমি জানি এই প্রথমবার আমি শিমলায় যাব, আমাদের বাসে যেতে হবে।' আদ্রিয়ানা বললেন, 'হ্যাঁ, এবং সেখানে পৌঁছতে অনেক সময় লাগবে,' মার্শাল বললেন, 'আপনি সেখানে গিয়েছিলেন। আগে। আদ্রিয়ানা বলল, 'হ্যাঁ, যখন আমার বয়স 7 বছর। মার্শাল বললেন, 'খুব সুন্দর। সেই মুহূর্তে আদ্রিয়ানা তাকে কিছু জিজ্ঞেস করল। 'মার্শাল, "তোমার কি গার্লফ্রেন্ড আছে।" তার কথা শুনে মার্শাল অবাক হয়ে বললেন, 'না, কিন্তু আমি যখন স্কুলে ছিলাম তখন আমি একজনকে ভালোবাসতাম তার নাম ছিল নাথালি জোনস, সেই সময় আমি 12 শ্রেণীতে পড়ি এবং সে ক্লাস 6 এ পড়ত।" আদ্রিয়ানা বলল, 'সে কি তোমাকে ভালোবাসে।' মার্শাল বলেন, 'আমি ভেবেছিলাম সে আমাকে ভালোবাসে, কিন্তু আমার ভুল ছিল সে দশম শ্রেণির একটি ছেলেকে ভালোবাসতো, সে কেন আমাকে ভালোবাসবে কারণ আমি একজন গরিব ছাত্রী ছিলাম সে

একদিন স্কুলে আমাকে অপমান করে প্রমাণ করেছিল, আমি স্কুল বাসে তার সাথে প্রথম দেখা করি।" আদ্রিয়ানা বলল, 'তুমি কি স্কুল থেকে পাশ করার পর তার সাথে দেখা করেছিলে?" মার্শাল বললেন, 'হ্যাঁ, গত বছর আমি তার সাথে দেখা করি সে আমাকে তার ভুলের জন্য দুঃখিত বলেছিল, সে চিরতরে ইংল্যান্ডে চলে গেছে।

আদ্রিয়ানার সাথে কথা বলতে বলতে মার্শাল তার হোস্টেলে পৌঁছে বললো, 'আগামীকাল আবার দেখা করবো সকাল ৭টায় রওনা দিতে হবে। গুড বাই।" আদ্রিয়ানা বলল, 'গুড বাই'।

আদ্রিয়ানা তার হোস্টেলে যাচ্ছিল, যখন মার্শাল তাকে তার জীবনের অতীতের কথা বলেছিল তখন তার চোখ অশ্রুতে ভরা ছিল, কিন্তু এটি তার চোখের মধ্যে লুকিয়ে ছিল সে তার চোখ থেকে অশ্রু পড়তে দেয়নি, সে বলছে নিজে|

মার্শাল নাথালি তোমার সাথে যা করেছে আমি তা করব না, আমি সর্বদা তোমাকে ভালবাসব, তোমার জীবনের প্রতিটি পদক্ষেপে তুমি আমাকে তোমার পিছনে পাবে আমি জানি না তুমি আমাকে ভালবাসবে কি না, আমিও জানি না আমি তোমার কাছ থেকে ভালোবাসার বিনিময়ে পাবো বা না পাবো কিন্তু মরার আগ পর্যন্ত তোমাকে ভালোবাসবো।

# পনের

সোমবার, যেদিন মার্শালকে সিমলা যাওয়ার জন্য রওনা দিতে হবে, সেখানে যাওয়ার জন্য দশটি ছেলে এবং দশটি মেয়েকে বেছে নেওয়া হয়েছিল, প্রথমে সিদ্ধান্ত হয়েছিল যে প্রত্যেকে যাবেন, কিন্তু ওয়ার্ডের পরে বিশ্ববিদ্যালয় কর্তৃপক্ষ সিদ্ধান্ত নিয়েছে তারা বিশটি পাঠাবে। শিক্ষার্থীরা শিমলা এবং অন্যরা বিভিন্ন জায়গায় গেলেও শুধু তাদেরই বাছাই করা হয়।

মার্শাল সকাল 5 টায় ঘুম থেকে উঠে, সকাল 7 টায় তারা সবাই বাসে করে সিমলা যাওয়ার জন্য রওনা হবে। মার্শাল প্রস্তুত হচ্ছিলেন, এমন সময় যতীন তাকে বললেন, 'আজ তুমি শিমলা যাচ্ছ। মার্শাল বলল, 'হ্যাঁ', যতীন বলল, 'আমিও আজকে চলে যাবো, আমার নিজের শহরে যেতে আমি আমার শহরে একটা সরকারি অফিসে চাকরি পেয়েছি, তোমাকে খুব মিস করব মার্শাল।' মার্শাল বলল, 'কিন্তু তুমি আমাকে আগে বলোনি। যতীন বললো, 'আমিও জানতাম না আমি যখন ছুটি কাটাতে আমার নিজের শহরে গিয়েছিলাম তখন একটা ইন্টারভিউ দিয়েছিলাম যখন আমাদের ফাইনাল পরীক্ষা শেষ হয়ে গেল আমার বাবাও চাকরি থেকে অবসর নিয়েছিলেন, আমার বোন ক্যান্সারে ভুগছে আমি জানি না সে কবে সুস্থ হবে নাকি সে কখনই সুস্থ হবে না, আমি এটাও জানি যে যে কোন মুহূর্তে সে মারা যেতে পারে তাই আমাকে আমার পরিবারের সাথে থাকতে হবে বিশেষ করে আমার বোনের সাথে তার আমাকে প্রয়োজন।" মার্শাল বললেন, 'তুমি তোমার বাড়িতে যাও, আমি ভগবানের কাছে প্রার্থনা করব যে তোমার বোন তাড়াতাড়ি সুস্থ হয়ে উঠুক, কিন্তু বন্ধু আমি তোমাকে সত্যিই মিস করব।" যতীন বললেন, 'আমি একটা খাম পেয়েছি, যেখানে লেখা আছে আমাদের জীবনের কথা, আমি। আমাদের হোস্টেল করিডোরের মেঝেতে পড়ে থাকতে দেখেছি।"

যতীন মার্শালের হাতে খামটা দিয়ে তাকে চিরতরে বিদায় জানালো। মার্শাল ভাবছিল আমার আরেক বন্ধুও চলে গেছে। তিনি খাম খুলে কাগজের দিকে তাকালেন সেখানে আমাদের জীবন সম্পর্কে কিছু লেখা আছে, লাইনগুলো এক অভিজাত পণ্ডিতের বই থেকে নেওয়া হয়েছে, মার্শাল পড়তে শুরু করলেন;

বিশ্ব একটি হাস্যকর পর্যায়

*পৃথিবী, একটি মঞ্চ, আমাদের কথা এবং কর্ম দ্বারা গুরুত্বপূর্ণ এবং দুঃখজনক, মজার এবং অর্থহীন, আমাদের নিজস্ব কল্পনার একটি নাটক, এটি কতটা স্পর্শকাতর এবং কমনীয়, একটি ধারণা হিসাবে এবং কতটা অনিবার্য তা তৈরি করার জন্য আমাদের অপেক্ষা করছে।*

*মানুষের জীবন এবং মৃত্যু অংশ, মৃত্যুর পরে জীবন আছে কিনা, এটি সবার জন্য একটি রহস্য, জীবন এমন একটি জিনিস যেখানে আমরা বাস করি, মানুষের আকাঙ্ক্ষার ভ্রমণ, মানসিক এবং শারীরিক আরামের আকাঙ্ক্ষা এবং মৃত্যু এই সবের শেষ, এই নোংরা পৃথিবীর আকর্ষণ ত্যাগ করার জন্য আমাদের জীবনে বিভিন্ন মূহুর্ত বিভিন্ন খেলা খেলে। অনেক প্রজাতির মানুষ ভিন্নভাবে চিন্তা করে এবং কাজ করে, তাই সবসময় আমাদের মধ্যে কেউ কেউ মনে করে এবং বলি মৃত্যু হল একটি নতুন জীবনের সূচনা, পুরানো মানুষ যায় এবং নতুন মানুষ আসে কিন্তু জীবন স্থিতিশীল থাকে। এটা আমরা যা ভাবি এবং এটা আমাদের চিন্তার একমাত্র উপায়, আসলেই কি স্বর্গ বা নরক আছে, যে ভালো কাজ করে সে নরকের চেয়ে খারাপ হলে স্বর্গে যাবে, এসব কি আছে নাকি এটা আমাদের নিজস্ব কল্পনায়।*

*একজন গর্ভবতী নারী কষ্টের জীবন পাড়ায়, একটি নতুন জীবনের জন্ম দিতে যে ব্যথা সুখের। একজন ব্যক্তি, যে তার মৃত্যুর পর্যায়ে রয়েছে, এই পৃথিবী ছেড়ে চলে যেতে অনেক যন্ত্রণা ও যন্ত্রণা ভোগ করে, বলা হয় শরীর মরে, কিন্তু আত্মা অমর। আত্মা একটি দেহ ত্যাগ করতে পারে এবং একটি সদ্য জন্ম*

*নেওয়া শিশুর দেহে যেতে পারে। আমি বাঁচতে চাই না এই পৃথিবীতে, যেখানে আছে বেদনা-যন্ত্রণা, দুঃখ-বিনাশের জগৎ, খুনিদের জগৎ, একে অপরকে হত্যা, লাশে ঘেরা, মানুষগুলোকে ক্রীতদাসের মতো ব্যবহার করা হয়, রক্ত পানির মতো ঝরে।, এটা ভন্ড ও রক্তাক্ত পরজীবীর পৃথিবী।*

*আমি প্রতিটি মানুষের চোখে সেই নম্রতা দেখতে চাই, যা আমি আমার মৃত্যুর আগে দেখতে চাই। আমি সৌন্দর্য এবং অঙ্গভঙ্গি ছাড়া এই পৃথিবীতে বাঁচতে চাই না: আমি আশা করি এটি আমার মৃত্যুর আগে সম্ভব হতে পারে, আমি যা ভাবি এবং যা হতে হবে তা-ই।*

মার্শাল কিছুক্ষণ চুপ করে রইল। তার কাছে মনে হচ্ছে আফ্রিকার গরম বাতাস তার বুকের রেখায় আঘাত করেছে। খামে যে শব্দগুলো ছিল সেগুলো তাকে বাধ্য করেছে। কিন্তু অবশেষে সে বাস্তবে ফিরে এল, দেয়াল ঘড়ির দিকে তাকাল; সাতটা হতে পাঁচ মিনিট বাকি ছিল। তিনি দ্রুত তার ব্যাগটি নিয়ে বিশ্ববিদ্যালয়ের গেটে গেলেন সেখানে তিনি দেখলেন সবাই বাসে উঠছে, কিন্তু আদ্রিয়ানা সেখানে ছিল না, মিস লুসি তাকে জিজ্ঞাসা করলেন, 'মার্শাল আপনি কি আদ্রিয়ানাকে দেখেছেন? মার্শাল বললেন, 'না, সে আসেনি।' বাসের কন্ডাক্টর সবাইকে বাসে উঠতে বলছিল, মিস লুসি কন্ডাক্টরকে বললেন পাঁচ মিনিট অপেক্ষা করতে, কন্ডাক্টর রাজি হল, পাঁচ দশ মিনিট হয়ে গেছে কিন্তু আদ্রিয়ানা আসেনি। মিস লুসি মার্শালের মুখ দেখলেন, মনে হচ্ছে তিনি খুব চিন্তিত হয়ে পড়েছিলেন কারণ তিনি আগে কখনও ছিলেন না, তার পরে তারা সবাই বাসে উঠেছিল, কিন্তু মার্শাল তখনও তার জন্য অপেক্ষা করছিল, মিস লুসি তাকে বাসে উঠতে বললেন। , তিনি আসবেন না কিন্তু মার্শাল মিস লুসিকে বলেছিলেন যে তিনি আসবেন এবং অবশেষে, তিনি এসেছিলেন। আদ্রিয়ানা পূর্ণ গতিতে ছুটে এল, মিস লুসি বললেন, 'এত দেরি করছেন কেন?' আদ্রিয়ানা বললেন, "আমি বাসে আসছিলাম, কিন্তু হঠাৎ আমি নিচে পড়ে গেলাম এবং আমার অনেক সময় লেগেছে।" মিস লুসি বললেন, 'আপনি ঠিক আছেন, আপনি না থাকলে

আপনি এখানে থাকতে পারেন। আদ্রিয়ানা বলল, 'আমি ঠিক আছি, আমি যাব।"

আদ্রিয়ানা বাসে উঠে মার্শালের সাথে বসল। আদ্রিয়ানার এখনও তার বাম গোড়ালিতে ব্যথা আছে, কিন্তু সে বলেছিল যে সে শিমলায় যাবে কারণ মার্শালের জন্য, সে তার সাথে কিছু সময় কাটাতে চায়। বাসটি ইউনিভার্সিটি থেকে চলে গেল, এবং সিমলা যাওয়ার পথে মার্শাল আদ্রিয়ানাকে বললেন, 'তুমি ঠিকমতো হাঁটতে পারছ না, কেন এসেছিলে।' আদ্রিয়ানা বলল, 'আমার পছন্দের ট্রিপটা মিস করতে চাই না শিমলা দেখার জন্য এটি একটি খুব সুন্দর জায়গা।"

আদ্রিয়ানা মার্শালকে বলেনি যে তিনি সিমলা যেতে চান শুধুমাত্র তার জন্য, তার সাথে কিছু মুহূর্ত কাটাতে একটি সুখের মুহূর্ত যা তিনি সবসময় তার জীবনে চেয়েছিলেন। বাসের কন্ডাক্টর বলল, “আদ্রিয়ানা, প্রিয় আমরা তোমার জন্য অনেকক্ষণ অপেক্ষা করছিলাম তুমি জানো যে সবাই তোমাকে নিয়ে চিন্তিত, কিন্তু বিশেষ করে তোমার সেই বন্ধু যার সাথে তুমি বসে আছো। "কন্ডাক্টরের কথা শুনে আদ্রিয়ানা মার্শালের জন্য খুব দুঃখিত হয়েছিল যে তিনি তার জন্য এত চিন্তিত ছিলেন, তিনি তাকে উদ্বিগ্ন করতে চাননি, তিনি সর্বদা তাকে খুশি করার চেষ্টা করেছিলেন।

সেই সময় বাসে মার্শাল ঘুমাচ্ছিলেন, কন্ডাক্টর বললেন মিস লুসি, 'ম্যাডাম, যে মেয়েটি দেরিতে এসেছে তার নাম কি?' মিস লুসি বললেন, 'তার নাম আদ্রিয়ানা। কন্ডাক্টর বললেন, 'একটা কথা জানেন ম্যাডাম, মেয়েটি এতই বুদ্ধিমান এবং সুন্দর যেন সে দেখতে ফরাসি অভিনেত্রী ইলোডির মতো।" মিস লুসি ঠিক সেই মুহুর্তে হাসলেন, মিস লুসি বললেন, 'আপনি একটা জিনিস জানেন', কন্ডাক্টর বললেন, 'কী ম্যাডাম'। মিস লুসি বললেন, 'যে ছেলেটার সাথে সে বসে আছে সে তাকে খুব ভালোবাসে।' কন্ডাক্টর বললেন,

'ভাগ্যবান ছেলে, তার নাম কী?' মিস লুসি বললেন, 'তার নাম মার্শাল, সেও তাকে খুব ভালোবাসে কিন্তু তারা একে অপরকে জানায়নি, তারা দুজনেই তাদের অনুভূতি প্রকাশ করতে চায় না।' কন্ডাক্টর মিস লুসিকে বললেন, 'চিন্তা করবেন না ম্যাডাম আমি ঈশ্বরের কাছে প্রার্থনা করব তাদের জীবন সুখী ও সুন্দর হোক।

আদ্রিয়ানা মার্শালের দিকে তাকিয়ে ছিল, সে ঘুমাচ্ছিল সে তাকে বিরক্ত করতে চায়নি; কাল রাতে সে ঘুমায়নি কারণ তাকে খুব ভোরে উঠতে হবে। আদ্রিয়ানা দেখল তার কপাল তার কাঁধে কিছু পড়ছে এবং আদ্রিয়ানা তার কপাল স্পর্শ করছে। মার্শাল অনুভব করতে পারেন যে এটি আদ্রিয়ানার হাতের স্পর্শ ছিল, স্পর্শটি তার কাছে মনে হয়, প্রতিরোধ ছাড়াই একটি হালকা স্পর্শ, কিছু প্রতিটি শারীরিক স্পর্শকে আনাড়ি করে তুলতে পারে এবং হাস্যকর কৌশল।

কয়েক ঘন্টা পর তারা শিমলায় পৌঁছেছে, সেই সময় আদ্রিয়ানারও ঘুম আসছে, কিন্তু সে ঘুমাতে চাইছিল না কিন্তু সে তা করতে পারছে না কারণ গত রাতে সেও ঘুমায়নি, সে ট্রিপের কথা ভাবছিল এবং মার্শালের সাথে কিছু সময় কাটানোর জন্য।

আদ্রিয়ানা ঘুমিয়ে পড়েছে, মার্শাল সেই মুহূর্তে তার দিকে তাকিয়ে আছে। সে দেখছিল সে কত সুন্দর লাগছে যেন ভগবান তার জন্য পৃথিবীতে একটি কোণ পাঠিয়েছেন। নির্বাক কণ্ঠে বলছে। আমি আপনার নায়ক হতে পারি, আমি চিরকাল আপনার পিছনে দাঁড়াতে পারি এবং আপনি আমার নিঃশ্বাস নিতে পারেন।

সেই মুহুর্তে আদ্রিয়ানা কিছুক্ষণের জন্য উঠে দাঁড়াল, সে মার্শালকে বলল, 'তুমি কিছু বলেছ'। মার্শাল বললেন, 'না, আমি বলছিলাম আমরা সিমলা পৌঁছে গেছি।'

আদ্রিয়ানা সবদিকে তাকিয়ে সন্ধ্যা ৬টা বেজে গেছে, মিস লুসি সবাইকে বাস থেকে নামতে বললেন, সিমলায় বাস আসতে দেরি হয়ে গেছে। তারা সবাই বাস থেকে নেমে পড়ল, প্রচন্ড ঠান্ডা, কুয়াশার কারণে কিছুই দেখা যাচ্ছিল না। মিস লুসি সবাইকে তাদের হোস্টেলে যেতে বললেন। ছেলে-মেয়েদের জন্য আলাদা হোস্টেল ছিল সেটা হুবহু হোস্টেলের মতো নয়, ছোট কুটির ঘরের মতো যেখানে দশটা ছেলে আর দশটা মেয়ে থাকবে। আদ্রিয়ানা তাকে কিছু বলার জন্য মার্শালের দিকে যাচ্ছিল, কিন্তু হঠাৎ তুষারপাত হল।

মিস লুসি বললেন, 'অ্যাড্রিয়ানা কটেজে যান আপনি অসুস্থ হয়ে পড়তে পারেন।' অ্যাড্রিয়ানা বলল, 'মাত্র 5 মিনিট পরে, আমি মার্শালের সাথে কথা বলতে চাই।' মিস লুসি বললেন, 'আপনি কাল সকালে তার সাথে কথা বলতে পারেন, এখন শুধু কটেজে যান।' শেষ পর্যন্ত, আদ্রিয়ানা কটেজে গিয়েছিল অন্যদিকে মার্শালও তার কটেজে গিয়েছিল সেও আদ্রিয়ানার সাথে কথা বলতে চেয়েছিল কিন্তু তার কটেজের ইনচার্জ একজন কঠোর লোক ছিলেন যিনি আগে একজন সেনা কর্মকর্তা ছিলেন এবং এই কুটিরটি যেখানে তারা সবাই বসবাস করছে তার অন্তর্গত। তার নাম ছিল রাম সিং। তিনি সবাইকে কটেজের ভিতরে যেতে বললেন। সেই সময়, মার্শাল আদ্রিয়ানার দিকে তাকাচ্ছিল, তুষারপাতের মধ্যে আদ্রিয়ানাকে খুব সুন্দর দেখাচ্ছে যেমন তাকে আগে কখনও দেখা যায়নি, সে তুষারপাত উপভোগ করছিল, মার্শাল তার কুটিরের ভিতরে ছিল এবং জানালা দিয়ে তার দিকে তাকিয়ে ছিল, সে তাকিয়ে ছিল মার্শাল, ছেলে এবং মেয়ের কুটিরটি পাশাপাশি অবস্থিত ছিল। রাম সিং মার্শালের ঘরের ভিতর দিয়ে যাচ্ছিলেন, জানালাটা খোলা দেখে সে ঘরের ভিতরে ঢুকে অস্ফুট স্বরে বলল, "আপনার জানালা খোলা কেন? আপনি জানেন না বাইরে খুব ঠান্ডা।" মার্শাল বললো, 'আমি জানালাটা বন্ধ করে দিচ্ছি স্যার।" রাম সিং বললো, 'আমি তোমাকে বলেছিলাম যে তুমি হয়তো অসুস্থ হয়ে পড়বে, আমি জানি তুমি ওই মেয়েটার দিকে তাকাচ্ছে,

আর সেও তোমার দিকে তাকিয়ে আছে, তার নাম কি"? মার্শাল বললেন, 'অ্যাড্রিয়ানা', রাম সিং বললেন, 'আপনি তাকে ভালোবাসেন।' মার্শাল নীরব মেজাজে ছিলেন কিন্তু তিনি সত্য বলেছিলেন, মার্শাল বললেন, 'হ্যাঁ, স্যার'। রাম সিং বললেন, 'আপনার সরাসরিতার জন্য আমি আপনার প্রশংসা করতে পারি। , সেও তোমাকে ভালোবাসে।" মার্শাল বললেন, 'আমি জানি না স্যার'। রাম সিং বললেন, 'আমার মনে হয় সে তোমাকে ভালোবাসে, কারণ তুমি তাকে যেভাবে দেখছ সেভাবে সেও তোমাকে দেখছে।" মার্শাল বললেন, 'এটা হতে পারে। রাম সিং বললেন, "এটা এমনই কারণ আমারও একই অভিজ্ঞতা আছে তুমি আমার গল্প শুনতে চাও।' মার্শাল বললেন, হ্যাঁ স্যার। রাম সিং মার্শালকে তার গল্প বলতে শুরু করলেন;

তিনি বলেন, ১৯৬৫ সালে আমি সামরিক প্রশিক্ষণ নিচ্ছিলাম। দিনরাত পরিশ্রম করতে হয়, জীবনে অনেক যুদ্ধ করেছি, আহতও হয়েছি। একদিন যখন আমি জুরিখে ছিলাম, তখন আমাকে ধর্মান্তরের জন্য আমার কিছু বন্ধুর সাথে সেখানে যেতে হয়েছিল। আমি সেখানে একজনের সাথে দেখা করি রাশিয়ার একটি মেয়ে আমরা একে অপরের সাথে কথা বলেছিলাম এবং খুব ভাল বন্ধু হয়েছিলাম। কিন্তু একদিন সে আমাকে বলল যে সে আমাকে ভালবাসে, সে আমাকে আদ্রিয়ানা যেভাবে তোমাকে দেখছিল সেভাবে সে আমাকে দেখত। আমি তাকে কিছু বলিনি, সে শারীরিক ঘনিষ্ঠতার জন্য সবকিছু করেছে, আমি তাকে যা বলেছি, এবং আমি তাকে কিছু না বলে ভারতে ফিরে এসেছি।

এক মাস পরে আমি বুঝতে পারি যে আমি ভুল ছিলাম, আমি জুরিখে গিয়েছিলাম তার সাথে দেখা করতে এবং তাকে বলতে যে আমি তাকে ভালবাসি কিন্তু আমি দেখতে পেলাম সে মারা গেছে। একজন বৃদ্ধ আমাকে বলেছিলেন যে তিনি একজন সেনা কর্মকর্তাকে ভালোবাসতেন কিন্তু তিনি তাকে ভালোবাসেননি এবং এই কারণে তিনি আত্মহত্যা করেছেন। আমি তার মৃত্যুর জন্য নিজেকে দোষারোপ করছিলাম। আমি আমার গল্প কাউকে বলিনি

আজ আমি তোমাকে আমার গল্প বলছি; এটি একটি খুব ছোট এবং একটি অত্যন্ত দুঃখজনক গল্প।"

মার্শাল কিছুক্ষণ চুপ করে রইল। রাম সিং বললেন, 'তুমি এখন বিশ্রাম নাও, অতীতের দিনগুলো চলে গেছে এখন আমাদের ভবিষ্যৎ ও বর্তমানের দিকে তাকাতে হবে, যেভাবে তুমি ফুটবল খেলো। মার্শাল বললেন, 'হ্যাঁ। স্যার আমি যখন স্কুলে ছিলাম তখন ফুটবল খেলতাম, 2 বছর ধরে এই খেলার সাথে আমার কোন যোগাযোগ নেই।" রাম সিং বললেন, 'আগামীকাল একটা ফুটবল ম্যাচ আছে, আমি তোমার মিস লুসির কাছে শুনেছি তুমি তোমার স্কুলে মারা ডোনা হতে। মার্শাল শুধু মুচকি হেসে বললেন, 'অনেক আগে ছিল।' রাম সিং বললেন, "আগামীকাল আমি নতুন মারা ডোনা দেখতে চাই, ম্যাচ সকাল ৯টায়, এখন খুব ঠান্ডা তোমার পশমের গ্লাভস আছে।" মার্শাল বললেন, " না স্যার।" রাম সিং বললেন, "আমি তোমাকে জার্সি এবং গ্লাভস দেব, আপনি জানেন এখন ডিসেম্বর মাস এবং সিমলায় খুব ঠান্ডা।" মার্শাল বললেন, 'আমি জানি স্যার, আমার মা সিমলা থেকে এসেছেন। রাম সিং বললেন, "তাহলে আপনি এই জায়গা সম্পর্কে অনেক কিছু জানেন।" মার্শাল বললেন, "আমি মাত্র কয়েকটি জিনিস জানি।" রাম সিং বললেন, 'কী', মার্শাল বললেন, 'শিমলা খুব ঠান্ডা, এটি একটি ঠান্ডা জায়গা, এবং এটি একটি খুব সুন্দর জায়গা এখানে সবকিছু সুন্দর এখানে স্বর্গের মতো দেখায়।" রাম সিং বললেন, 'হ্যাঁ, তোমার কাছে ফুটবলের বুট আছে। মার্শাল বললেন, 'আমার কাছে আছে।' রাম সিং বললেন, 'খুব ভালো, তাই এখন অনেক দেরি হয়ে গেছে তুমি একটু বিশ্রাম নাও, আমি কাল সকালে তোমার সঙ্গে কথা বলব। মার্শাল বললেন, 'স্যার, আমি আপনাকে জিজ্ঞেস করতে চাই ম্যাচটা কার মধ্যে আর আমি কোন দলে খেলব। রাম সিং বললেন, 'এটা শিমলার স্থানীয় ক্লাব বনাম আমার ক্লাবের ছেলেদের মধ্যে, তুমি আমার দলে মিডফিল্ডার হিসেবে খেলবে, আগামীকাল একটু বিশ্রাম নাও, তোমাকে তাড়াতাড়ি ঘুম থেকে উঠতে হবে, শুভ রাত্রি।

## ষোল

পরের দিন সকালে, মার্শাল খুব ভোরে ঘুম থেকে উঠে তার কুটির ঘর থেকে বেরিয়ে আসেন। তার বন্ধুরা সবাই ঘুমাচ্ছিল, একটা কুয়াশাচ্ছন্ন সকাল ছিল। তিনি রাম সিংকে কিছু ব্যায়াম করতে দেখলেন, রাম সিং তার দিকে এগিয়ে এসে তাকে বললেন, 'সুপ্রভাত ছেলে, তুমি কি আমার সাথে অনুশীলনে যোগ দিতে চাও?' মার্শাল বললেন, "কেন না স্যার।" আদ্রিয়ানা জানালা দিয়ে মার্শালকে দেখল। তার কুটির; সে শুধু দৌড়ে তার দিকে এলো। মার্শাল রাম সিং এর সাথে আছে; আদ্রিয়ানা তার কাছে এসে বললো, 'চল বেড়াতে যাই। মার্শাল বলল, "আমি স্যারের সাথে আছি।" আদ্রিয়ানা বলল, "ঠিক আছে", সে খুব বিরক্ত হল, রাম সিং দেখল মেয়েটা তাকে কিছু বলতে এসেছে; সে খুব সুন্দরী মেয়ের মন ভাঙতে চায়নি। রাম সিং বলল, "মার্শাল তুমি তার সাথে যাও, তবে সকাল ৮.৩০ এ খেলার মাঠে আসুন, জার্সি সংগ্রহ করতে হবে, ম্যাচ শুরু হবে সকাল ৯টায়।

মার্শাল আদ্রিয়ানার সাথে বেড়াতে গেলেন। আদ্রিয়ানা বললেন, 'আজ ফুটবল ম্যাচ আছে। মার্শাল বললেন, 'হ্যাঁ আমি রাম সিংয়ের ক্লাব থেকে খেলছি। আদ্রিয়ানা বলল, 'আমি তোমার ম্যাচ দেখতে আসব।' মার্শাল বললেন, 'ঠিক আছে আমি তোমার জন্য অপেক্ষা করব।' আদ্রিয়ানা বলল, "আপনি জানেন লেকের কাছে একটি গির্জা আছে, চলুন সেখানে গিয়ে দেখি।" সকাল ৭টা বাজে, মার্শাল বললেন, 'বহুদূর বা কী।' আদ্রিয়ানা বললো, "না, এটা ঠিক কাছাকাছি।" তারা দুজনেই গির্জায় গেল; আদ্রিয়ানা মার্শালকে বলেছিলেন যে এটি পাইন গাছে ঘেরা একটি খুব সুন্দর গির্জা, তিনি তাকে আরও বলেছিলেন যে তিনি 7 বছর বয়সে গির্জায় গিয়েছিলেন।

তারা দুজনেই গির্জায় প্রবেশ করল। সেখানে একজন যাজক ছিলেন যার নাম ছিল ফ্রেঞ্চ এন্থনি, তিনি আদ্রিয়ানার দিকে তাকিয়ে বললেন, "কেমন আছো আমার সন্তান। পুরোহিত তাকে খুব ভালো করে চেনেন। আদ্রিয়ানা বললেন, "আমি ভালো আছি বাবা"। পুরোহিত বললেন, 'এই যুবক কে", আদ্রিয়ানা বলল, "ও আমার বন্ধু মার্শাল।" আদ্রিয়ানা বলল "মার্শাল একটা প্রার্থনার জন্য যেতে দাও, মার্শাল তাকে বলল তুমি যাও সে আসছে। আদ্রিয়ানা প্রার্থনা করতে গেলেন, মার্শাল ফ্রেশ অ্যান্টনির কাছে গেলেন এবং তাকে বললেন, "বাবা আপনি কি তাকে চেনেন।" Fr অ্যান্টনি বললেন, "হ্যাঁ, ছেলে আমি তাকে খুব ভালো করে চিনি যখন সে ৭ বছর বয়সে তার মায়ের সাথে এখানে এসেছিল, সে এখানে আসত এবং এই হিব্রু বাইবেলটি দেখতেন, তিনি এই বাইবেলের পাতা উল্টাতেন। কিছুই বুঝতে পারেনি কিন্তু সে সবসময় এটা করতে পছন্দ করে, আপনি জানেন তার মা একজন অভিজাত পরিবার থেকে এসেছেন, তার বাবা তার মাকে ছেড়ে চলে গেছে যখন সে দুই মাসের গর্ভবতী ছিল, এটা খুবই দুঃখজনক গল্প ছেলে।"

মার্শাল আদ্রিয়ানাকে দেখল, সে ক্রমাগত ঈশ্বরের কাছে প্রার্থনা করছে। সে তার কাছে এসে তার সাথে যোগ দিল। তাদের প্রার্থনার পর, তারা ফ্রেন্ড অ্যান্টনিকে বলল যে তারা চলে যাচ্ছে, তারা দুজনেই বেরিয়ে গেল, মার্শাল তাকে বললেন, "তুমি ঈশ্বরকে যা বলেছিলে, আদ্রিয়ানা বলল, "এটা কিছু গোপনীয়, আমি তোমাকে বলতে পারব না।" মার্শাল বললেন, ' ঠিক আছে আমি তোমাকে সেটা জিজ্ঞেস করব না, তবে তুমি সকাল ৯টায় এসে ফুট বল ম্যাচ দেখতে আসবে।" আদ্রিয়ানা বলল, 'আমি আসব।" মার্শাল বললেন, 'তাই আমাকে এখন মাটিতে যেতে হবে, আমি সকাল ৯টায় তোমার সাথে দেখা করব।"

মার্শাল মাটিতে চলে গেলেন, আদ্রিয়ানা তাকে কিছুই বলেনি সে ঈশ্বরের কাছে কী প্রার্থনা করছিল, সে মার্শালের জন্য ঈশ্বরের কাছে প্রার্থনা করছিল যাতে সে ভবিষ্যতে তার সাথে তার জীবন সুখে কাটাতে পারে, সে তার বাবা-

মাকে তাকে নিয়ে গর্ব করতে পারে তিনি সবসময় তার জীবনে চেয়েছিলেন। আদ্রিয়ানা মিস লুসির কাছে ফুট বলের ম্যাচ দেখার অনুমতি নিতে গিয়েছিলেন, মিস লুসি তাকে অনুমতি দিয়েছিলেন, তখন প্রায় সকাল ৯টা, এবং আদ্রিয়ানা মাটিতে নামছিলেন, কিন্তু সেই মুহূর্তে তার পায়ে আঘাত লাগে এবং সে নিচে পড়ে, সে দাঁড়াতেও পারে না, তার কিছু বন্ধু তা দেখে তাকে কুটিরে নিয়ে আসে।

ফুটবল ম্যাচ শুরু হল। তিনি খেলতে শুরু করেছিলেন, সেই সময় তিনি আদ্রিয়ানার কথা পুরোপুরি ভুলে গিয়েছিলেন। সে তার ফুটবল ম্যাচ উপভোগ করছিল। তার কাছে মনে হচ্ছে সে তার স্কুলের দিনগুলিতে ফিরে গেছে এবং তার কাছে মনে হচ্ছে মারা ডোনা ফিরে এসেছে সেইসাথে কার্লোজ তাভেজ যাকে তার বন্ধু শঙ্খা তাকে ডাকত, প্রতিপক্ষ দল দুটি গোল করেছিল এবং মার্শাল সমতাসূচক গোলটি করেছিল , স্কোর সমান ছিল, মার্শাল একটি শক্তিশালী ছেলে ছিল, স্কুলে সবাই তাকে বলত তার গতি খুব বিপজ্জনক দেখাচ্ছে। শেষ 1 মিনিট বাকি ছিল এবং তিনি ম্যাচের তৃতীয় গোলটি করেন এবং তার দলকে জয়ের পথে নিয়ে যান।

রাম সিং তাকে বললেন, 'তুমি খুব ভালো খেলেছ ছেলে, আর আদ্রিয়ানা ম্যাচ দেখতে এসেছে।' মার্শাল বললেন, 'আমি তার কথা ভুলে গেছি, আমি জানি না। মার্শাল চারপাশে তাকালো কিন্তু সে আদ্রিয়ানাকে কোথাও পেল না, তার পর সে তার কুটিরে গেল।' ড্রেস চেঞ্জ করে সে বেরিয়ে এল তার বন্ধুরা সবাই তাকে বলছে তুমি দারুণ খেলা খেলেছ। সে তার কুটিরের কাছে মিস লুসির সাথে দেখা করে, সে তাকে আদ্রিয়ানা সম্পর্কে জিজ্ঞাসা করেছিল, সে তাকে বলেছিল যে সে তার ম্যাচ দেখতে যাচ্ছে কিন্তু সে তার পায়ে চোট পেয়েছে, সে সুন্দরভাবে হাঁটতেও পারে না, সে এখন খুব দুঃখিত। মার্শাল মিস লুসিকে জিজ্ঞেস করলেন সে এখন কোথায়, মিস লুসি তাকে বলল সে লেকের কাছে আছে।

মার্শাল লেকের কাছে গিয়ে দেখলেন আদ্রিয়ানা বিষণ্ণ মেজাজে একা বসে আছে। সে তার দিকে এগিয়ে এল; তিনি তাকে বলেছিলেন যে তিনি খুব দুঃখিত যে তিনি তার ম্যাচ দেখতে যেতে পারবেন না মার্শাল তাকে জিজ্ঞাসা করলেন তার পা এখন কেমন আছে। সে বলল ঠিক আছে, কিন্তু মার্শাল এবং আদ্রিয়ানা তখনও সেখানেই ছিল, সে তার সাথে দাঁড়িয়ে ছিল, মার্শাল তাকে তার কটেজে যেতে বলেছিল, সে যেতে চায়নি কিন্তু মার্শাল ক্রমাগত একই কথা বলে তার ভয় আছে যদি সে অসুস্থ হয়ে পড়ে, তারপর সে সেখানে যাওয়ার জন্য বেরিয়ে গেল, যখন সে কয়েক কদম হাঁটছিল, মার্শাল চিৎকার করে তাকে বলল। আদ্রিয়ানা, আমি তোমাকে ভালোবাসি।

আদ্রিয়ানা দৌড়ে এসে তার দিকে এলো, সে তার পায়ের ব্যথার কথা পুরোপুরি ভুলে গেছে। আদ্রিয়ানা বললো, 'আমি তোমার কাছ থেকে এই কথাগুলো শুনে মরে যাচ্ছিলাম'। সে খুব উত্তেজিত ছিল। আদ্রিয়ানা বলল, 'আমি তোমার সাথে প্রথম দেখা করার সময়ই তোমাকে ভালোবাসতাম।'

প্রচন্ড বৃষ্টি হচ্ছিল, তারা দুজনেই লেকে একটা নৌকায় গিয়ে আশ্রয় নিল। আদ্রিয়ানা মার্শালের বাহুতে ছিল।

বাতাস চিৎকার করছিল, শীতল এবং তীক্ষ্ণতর হয়ে উঠছিল। মার্শালের দাঁত কাঁপতে লাগল এবং সেও ঠান্ডায় কাঁপছিল। সে তার এত কাছে চাপা দিয়েছিল যে সে অন্ধকারের মধ্য দিয়ে তার চোখের আলো পড়তে পারে। তার কাঁধে বৃষ্টির ফোঁটা পড়ছিল, কিন্তু তার সে অনুভূতি নেই, সে কেবল তার উষ্ণ নিঃশ্বাস অনুভব করতে পারে। জলের ঢেউ আছড়ে পড়ল দুজনের গায়ে। তার মনের উপস্থিতি তাকে বাকরুদ্ধ করে তুলেছিল। তিনি তাকে জড়িয়ে ধরেন, সেই মুহূর্তে তিনি তার দিকে তাকিয়ে ছিলেন এবং এখন উদ্বেগ তার চোখে পড়তে পারে, তার উদাসীন, ঠান্ডা রক্তের কাজের একটি প্রসঙ্গ। ঠান্ডা বাতাস তার মুখের মধ্যে তার প্রচুর চুল উড়িয়ে দিয়েছিল; সে তার কপাল থেকে তা সরিয়ে দিল। তিনি তার ঠোঁটে একটি চুম্বন

চেপেছিলেন, এবং এটি একের পর এক ছিল, তিনি তাকে অসংখ্য উষ্ণ চুম্বন দিয়েছিলেন, এটি ছিল প্রথম চুম্বন যা জীবন তাকে একটি মেয়ের কাছ থেকে অফার করেছিল।

মুহূর্তটা তাদের দুজনের জীবনেই খুব মূল্যবান ছিল, সেটা ছিল একে অপরের আকাঙ্ক্ষার মুহূর্ত, এবং একে অপরের জিনিসপত্র, সেই মুহূর্তটি যখন তারা দুজনে এক হয়ে গিয়েছিল, তারা দুজনেই চিরকাল বেঁচে থাকতে চেয়েছিল। বৃষ্টি থেমে গেছে দুজনেই যার যার কটেজে চলে গেল, খুব খুশি হল। তারপরে, তারা প্রতিদিন কিছু জায়গায় বেড়াতে যায়, তারা সারাক্ষণ একসাথে ছিল, তারা লেকের কাছে বসে একে অপরের সাথে কথা বলে, তারা একসাথে হাসছিল তারা তাদের জীবনের খুব সুন্দর এবং একটি দুর্দান্ত মুহূর্ত কাটাচ্ছিল, প্রতিবার মার্শাল দেখতে ব্যবহার করত তার কটেজের জানালা থেকে আদ্রিয়ানার দিকে তাকাতে, আদ্রিয়ানার একটি চেহারা দেখে তার হৃদয় ধড়ফড় শুরু করে, প্রতি মুহূর্তে সে আদ্রিয়ানার একটি চেহারা দেখার জন্য জানালা থেকে জানালার দিকে তাকায়। মার্শাল তাকে প্রতিশ্রুতি দিয়েছিলেন যে তিনি তাকে তার বাবা-মায়ের সাথে দেখা করার জন্য তার বাড়িতে নিয়ে যাবেন। ওরা দুজনে একটা ট্রেনে করে একটা খুব সুন্দর জায়গায় একটা বৃদ্ধাশ্রম দেখতে গিয়েছিল; আদ্রিয়ানা সেখানে গিয়ে বৃদ্ধ বয়সের মানুষের সাথে কথা বলে সুন্দর সময় কাটাচ্ছিলেন। কিছু লোক বলেছিল যে তারা দুজনেই খুব সুন্দর এবং তারা একসাথে দুর্দান্ত দেখাচ্ছে।

ক্রিসমাসের প্রাক্কালে, আদ্রিয়ানা এবং মার্শাল একে অপরকে উপহার দেওয়ার পরিকল্পনা করেছিলেন। আদ্রিয়ানা মার্শালের জন্য একটি সোনার ঘড়ি এনেছিল, কিন্তু মার্শালের কাছে কোন টাকা ছিল না, তার পকেটে ছিল মাত্র 5 টাকা। মার্শাল রাস্তার পাশে দাঁড়িয়ে ছিল, অল্প অল্প বৃষ্টি হচ্ছিল, আদ্রিয়ানা তার দিকে এগিয়ে এসে তাকে উপহার দিল, সোনার ঘড়িটি তার কব্জিতে বেঁধে দিল। মার্শাল তার জন্য কিছু গোলাপ ফুল এনেছিল, সে তাকে দিয়েছিল এবং

তাকে বলেছিল যে তার জন্য একটি দামী উপহার কেনার জন্য তার কাছে পর্যাপ্ত টাকা নেই, শুনে আদ্রিয়ানা বলল, "এই ফুলগুলি আমার জন্য খুব দামি, আমাকে দেওয়ার জন্য আপনাকে ধন্যবাদ। এত সুন্দর উপহার।" তাকে এই কথা বলে, সে জড়িয়ে ধরে, এবং তাকে বলল, মিস লুসি বললেন, "আজ রাতে বড়দিনের জন্য একটি পার্টি আছে, আপনাকে উপস্থিত থাকতে হবে।" মার্শাল বললেন, "আমি সেখানে থাকব"। সেই মুহুর্তে আদ্রিয়ানা মার্শালকে বলল, “আমাকে এখন চলে যেতে হবে, আমাকে পার্টির জন্য জিনিসপত্র প্রস্তুত করতে হবে।' মার্শাল বললেন, 'ঠিক আছে, তুমি যাও।

আদ্রিয়ানা যাচ্ছিল; মার্শালের কাছ থেকে ফুল পেয়ে সে খুব খুশি হয়েছিল। তিনি মার্শালকে দেখতে ফিরেছিলেন। মার্শালও তার দিকে তাকিয়ে ছিল, হঠাৎ পেছন থেকে একটি গাড়ি তাকে ধাক্কা দেয় এবং সেখানে একটি দুর্ঘটনা ঘটে, সেখানে সমস্ত লোক জড়ো হয়, মার্শাল দৌড়ে আদ্রিয়ানার দিকে আসেন এবং তাকে রাস্তায় শুইয়ে দেওয়া হয়। মিস লুসি, রাম সিং সেখানে আসেন, আদ্রিয়ানাকে হাসপাতালে নিয়ে যাওয়া হয়। কয়েক মিনিট পর ডাক্তার সবাইকে জানান যে মেয়েটি মারা গেছে।

এটি মার্শালের জন্য একটি ধাক্কা ছিল; ***আদ্রিয়ানা আর নেই, সে মারা গেছে।***

হাসপাতাল থেকে বেরিয়ে এলেন মার্শাল। সে বেশ রাখল, এই প্রচণ্ড শীতে প্রবল বৃষ্টি হচ্ছে। সে রাস্তায় দাঁড়িয়ে বৃষ্টিতে ভিজে যাচ্ছিল, বৃষ্টির ফোঁটা তার মাথা বেয়ে তার মুখে পড়ছিল এবং তার চোখ থেকে যে অশ্রু আসছিল তা বৃষ্টির জলে মিশে যাচ্ছে। সে নিজেই তাকে বলছিল, আদ্রিয়ানা মারা গেছে, যে মেয়েটি আমাকে ভালবাসার অর্থ শিখিয়েছিল সে আর এই পৃথিবীতে নেই।

# সতের

১৫ বছর পর

মার্শাল ওয়াশিংটন ইউনিভার্সিটিতে পিএইচডি ডিগ্রি সম্পন্ন করতে বিদেশে গিয়েছিলেন। বর্তমানে তিনি যুক্তরাষ্ট্রের ওয়াশিংটন বিশ্ববিদ্যালয়ে সমাজবিজ্ঞানের অধ্যাপক হিসেবে কর্মরত আছেন। তিনি যখন পিএইচডি করছেন তখন তিনি ন্যাথালি জোন্সের কাছ থেকে একটি চিঠি পান যে তিনি বিয়ে করছেন। শীতকালে যখন বৃষ্টির দিন থাকে তখন সে খুব অসুখী বোধ করে, কারণ সে সময় সে আদ্রিয়ানার অনুপস্থিতি অনুভব করে, এই সময়েই সে আদ্রিয়ানার সাথে প্রথম দেখা করে।

ইউনিভার্সিটি থেকে অবসর নেওয়ার পর মিস লুসি রাশিয়ায় গিয়েছিলেন, তিনি সেখানে তার বাবার সঙ্গে বসবাস করছেন। মাঝে মাঝে মার্শাল মিস লুসির সাথে ফোনে কথা বলে।

যখন সে কিছু সময় পায়, সে কলকাতায় আসে যেখানে সে আদ্রিয়ানার উপস্থিতি অনুভব করতে পারে, তার হারিয়ে যাওয়া ভালবাসা। আদ্রিয়ানার উপস্থিতি অনুভব করতে তিনি হ্রদের কাছে সিমলাও যান।

সিমলায় বৃষ্টি এলে সে আদ্রিয়ানার উপস্থিতি অনুভব করতে পারে; যেখানে তারা দুজন একে অপরের কাছাকাছি এসেছিল, সে অনুভব করে যে আদ্রিয়ানা এখানেই কোথাও আছে, সে তাকে দেখতে পাবে। সে তার জীবনে একা, তার বাবা-মাও আদ্রিয়ানা সম্পর্কে কিছুই জানেন না, এটি তার হৃদয়ে লুকিয়ে ছিল। তিনি সিমলার লেকের কাছে অবস্থিত কবরস্থানে যান, আদ্রিয়ানা শীতের জায়গাগুলি খুব পছন্দ করতেন, তিনি তাকে এত ভালোবাসতেন যে

স্বপ্নেও তিনি তার অনুভূতিতে আঘাত করতে পারেননি, তিনি মার্শালকে বলেছিলেন যে তারা কখন বিয়ে করবে তারা আবার সিমলায় আসেন কিন্তু তা হয়নি, এখন সেই জায়গা যেখানে তার মৃতদেহ কবরে রাখা হয়েছিল, সে এসে সমাধির পাথরের কাছে, আদ্রিয়ানার কবরে বসে এখানে কিছু সময় কাটায়, মনে হয় সে তার সাথে আছে, সে তাকে সেই মুহূর্তে অনুভব করতে পারে, ঈশ্বর চাননি আদ্রিয়ানা চিরকাল তার হয়ে থাকুক এবং সেই জন্য ঈশ্বর তাকে তার কাছ থেকে কেড়ে নিয়েছেন, কিন্তু যখন বৃষ্টি আসে তখন সে দুঃখ পায়, শীতকালে বৃষ্টি গভীর হয়ে যায়। তার মিষ্টি প্রেমের গল্পের দুঃখ এবং পথোস যা বৃষ্টির সৌন্দর্যকে বাড়িয়ে তোলে।

মার্শাল তার অফিসে বসে ছিলেন, তার একজন ছাত্র তার কাছে এসে তাকে বলল, 'স্যার, আপনার এখন আমাদের সাথে ক্লাস আছে!' মার্শাল বললেন, "আমি যে ক্লাসে আসছি আপনি সেখানে যান। তিনি একজন অত্যন্ত কঠোর অধ্যাপক, সবাই তাকে সম্মান করে, কেউ তার কাজে হস্তক্ষেপ করার চেষ্টা করে না এবং তিনি যা করেন এবং যা বলেন তা সর্বদা সম্মানিত হয়। সে তার ক্লাসে যোগ দিতে গেল, বাইরে বৃষ্টি হচ্ছিল।

## লেখক প্রসঙ্গে

দেবজ্যোতি গুপ্ত

দেবজ্যোতি গুপ্ত ত্রিপুরার আগরতলায় জন্মগ্রহণ করেন। বর্তমানে তিনি ভারতের ত্রিপুরা বিশ্ববিদ্যালয়ে রিসার্চ স্কলার।

www.ingramcontent.com/pod-product-compliance
Lightning Source LLC
LaVergne TN
LVHW041532070526
838199LV00046B/1638